目次

JN047713

第一章

一

なにやら、よいにおいがしている。永見《ながみ》功兵衛《こうべえ》は目を覚ました。

——祥恵《よしえ》が朝餉《あさげ》をつくっているのだな……。

今朝もおいしいものを食べさせてもらえるのだろう、と期待に胸をふくらませつつ上体を起こした。

その途端、がくりと肩を落とす。もう祥恵はこの世にいないのだ。

妻を失って二年たつのに、いまだに同じことを繰り返してばかりいる。

この出汁《だし》のにおいは、隣家の野津《のづ》家のものであろう。内儀の弓佳《ゆみか》はお節介で、そそっかしいところはあるが、包丁は祥恵と同様、達者なのだ。

いま俺は夢を見ていたな、と功兵衛はふと思った。どんな夢だったか、ろくに思い出せないが、強い雨に打たれながら路上に立っていたような気がする。なにかを伝える夢だったように感じ、気にかかったが、考えたところで思い出せるわけではない。

明け六つは過ぎているらしく、功兵衛は両手で頰を叩《たた》き、しゃんとした。俺も朝餉の支度をしなければならぬ、と功兵衛は立ち上がった。

雨戸の隙間や穴から光が射し込んできている。朝餉を食さないと、一日を乗り切るための力とやる気が出ない。

布団を畳んで茶の間の隅に押しやり、雨戸を開けて朝日を浴びる。茶の間を突っ切り、納戸に通ずる襖《ふすま》を横に滑らせた。

祥恵が生きていた頃はこの納戸を夫婦の寝所にしていたが、一人になってからは台所横の茶の間で、ほとんどの時間を過ごしている。寝るのも書見をするのも食事をとるのも、すべて茶の間である。

簞笥《たんす》だけが置いてある納戸を足早に抜けた功兵衛は、障子戸を開けて日が当たっている濡縁《ぬれえん》を歩き、廁《かわや》に入った。小用を済ませると、手水場《ちょうずば》で顔を洗い、歯も磨いた。

すっきりして茶の間に戻り、搔巻《かいまき》を脱ぎ捨てた。襦袢《じゅばん》のみになったが、ここ石見《いわみの》国加瀬津《くにかせつ》にも春が訪れようとしており、寒さはだいぶ緩んできている。もともと寒ようなところがあり、歯磨きが雑なのだ。

首を伸ばして、功兵衛は糸吉の口をのぞき込んだ。

「今朝はちゃんと磨けているようだな。よし、もうよいぞ」

ほっとしたように糸吉が口を閉じた。膳の上をほれぼれと見る。

「ああ、実においしそうでございますね。殿、毎日毎日、食事の支度をしていただき、まことに済みませぬ」

恐縮したように糸吉が頭を下げる。

「別に構わぬ。おまえがつくったものを食べるくらいなら、俺がつくるほうがずっとよい」

祥恵が死んだあと、功兵衛は食事の支度を糸吉に任せたこともあったが、正直、食べられるものではなかった。ならば俺がやるほうがましであろう、と自ら包丁を振るうようになったのである。

「おっしゃる通りでございます。しかし手前は、なにゆえ包丁がからっきし駄目なのでございましょう」

「人には誰しも得手不得手がある。糸吉は料理が得手ではないだけのことだ。さあ、食べようではないか」

はい、と糸吉が手を合わせる。功兵衛も同じようにし、いただきます、といった。まずは味噌汁をすすってみる。

「うむ、うまい。よく出汁が取れている」

「まことでございますね。殿はまことに料理が上手でございます」

糸吉が目を細めて味噌汁を飲んでいる。おいしそうにわかめを食べた。

茶碗を手に取り、功兵衛は納豆と一緒に飯を食した。よし、と心中でうなずいた。今朝もうまく炊けている。

食事の支度を自らするようになった頃は水が多すぎて飯がべちゃべちゃになったり、その逆に恐ろしくかたい飯ができたりした。火加減がわからず、真っ黒に焦がしたことも一度や二度ではない。

しかし、今は慣れたもので、常にうまく炊けるようになった。

食事を終えると、糸吉が茶を淹《い》れた。安価な茶だからこくはなく、ただ苦味が強いだけだが、ないよりずっとよい。こんな茶でも、飲むと気持ちが落ち着く。

——よし、これで一日、乗り切れよう。

ご馳走《ちそう》さまでした、といって糸吉が食器の後片付けをはじめた。功兵衛は櫃を持って一足早く台所に下り、二つの弁当づくりに取りかかった。

弁当箱に飯を詰め、海苔《のり》を敷く。それに梅干しとたくあんをのせた。

「よし、できた」

蓋《ふた》を閉めた弁当箱を二枚の風呂敷《ふろしき》でそれぞれ包み、玄関の式台に置いた。出仕の刻限までまだ半刻《はんとき》ほどある。

茶の間に戻った功兵衛は襦袢を脱ぎ、褌《ふんどし》一丁になった。納戸の箪笥から手ぬぐいを取り出し、肩にかけて厠に向かう。

大用を済ませて手水場で手を洗い、納戸に戻った。竹刀掛に置いてある木刀を手にし、沓脱石《くつぬぎいし》の草履を履いて裏庭に出た。

手ぬぐいを柿の木にかけて木刀を正眼に構え、息を鎮める。えいっ、と心で気合をかけ、木刀を振り下ろした。空を切る音はほとんどせず、まるで木刀など手にしていないかのようだ。

剣術をはじめて、もう二十年になる。これまでひたすら腕を磨いてきたのは、ただ剣術が好きでならないからだ。

まだ部屋住だった若い頃は、強くなりさえすれば普請方《ふしんかた》の同心ではなく、なにか別の道が開けるのではないかと考えたこともあったが、今ではそれが高望みでしかないことがわかっている。

普請方の同心のせがれはどんなに腕が立とうとも、それ以上でもそれ以下でもなく、同心として一生を過ごすしかない。

――誰よりも強くなる。それで十分だ。

四半刻ほど集中して木刀を振り続けた。気づくと、おびただしい汗が出てきていた。糸吉は薪《まき》割りに勤《いそ》しんでいるようで、小気味よい音が響いてくる。

――さて、そろそろ出仕の支度をしなければならぬ。

手ぬぐいを柿の木から外し、足に少しついた汚れを拭《ふ》いて家に入った。木刀を竹刀掛に戻した功兵衛は台所に行き、そこにある井戸で盥《たらい》に水を汲《く》んだ。盥に手ぬぐいを浸してよく絞り、汗を丁寧に拭いた。汗とともに体の中の悪いものが出ていったような心持ちになり、功兵衛は爽快《そうかい》さを覚えた。

茶の間に入り、出仕のための着物を身につけた。足袋《たび》もしっかりと履く。

刀架の両刀を腰に差し、茶の間を出た。まだ薪割りの音は続いている。

「糸吉、もう出るぞ」

声をかけて功兵衛は雪駄《せった》を履いた。

「承知いたしました」

薪割りの音が途絶え、糸吉が玄関前に姿を見せた。二つの風呂敷包みを糸吉に渡して玄関を出た功兵衛は木戸を抜け、道に足を踏み出した。

家の前の道沿いに、中川《なかがわ》という小川がせせらぎの音を立てて流れている。おっ、と功兵衛が声を上げたのは、青々とした草の上に、一匹の雨蛙がいることに気づいたからだ。

すぐさま近づいた功兵衛はしゃがみ込み、雨蛙を手に取った。かわいいな、と思った。子供の時分から雨蛙は好きだ。もっとも、雨蛙だけでなく、昆虫の類《たぐい》もずっとかわいがってきた。

なでてから放してやると、雨蛙は中川に向かって何度か跳躍し、草むらに隠れた。功兵衛は立ち上がり、城に向かって歩き出した。

そのとき視野に駕籠《かご》の行列が入った。おや、とつぶやいて足を止め、功兵衛は目を凝らした。

駕籠は、城の方角からまっすぐこちらに向かってくる。供は三十人ほどだろう。

——どこの家の駕籠だ。かなりの大身のようだが……。

舁手《かきて》の陰に隠れてはっきりとは見えなかったが、駕籠に朝顔の家紋が蒔絵《まきえ》で描かれているように思えた。

朝顔の家紋というなら、と功兵衛は思案した。筆頭家老《がろう》を務める河田《かわだ》内膳《ないぜん》の家紋ではないだろうか。

駕籠に乗れるような身分で家紋が朝顔という家は、竹坂《たけさか》家六万三千石の家中では、四千石という莫大《ばくだい》な禄《ろく》を食む河田家しかない。

——河田さまの家の者が、このあたりにいらっしゃるなど、珍しいこともあるものだ。

功兵衛が住んでいる場所は普請方の組屋敷や小普請組の者など、小禄の者が数多く暮らしている。

——いったい誰が駕籠に乗っていらっしゃるのか。

供の人数の多さからして、本当に内膳が乗っているのかもしれない。

これから出仕しようとする者たちが、足を止めて駕籠へ次々に辞儀していく。その中には功兵衛の同僚も何人かいた。

いよいよ駕籠が間近に迫ってきた。功兵衛は道脇によけ、こうべを垂れた。糸吉は功兵衛の横で土下座した。

他の大名家においては家老など大身の者がそばを通る際は、小禄の者は糸吉のようにその場で土下座しなければならないところもあるらしいが、竹坂家中では、そこまでせずともよい。

いきなり駕籠が功兵衛の前で止まり、引戸が開いた。男が顔をのぞかせる。

なにか無礼をはたらいただろうか、と功兵衛は息が止まりそうになりつつも、ちらりと駕籠の男の顔を見た。

――筆頭家老のような気がするが、どうだろうか……。

河田内膳はあくが強く、その分、仕事もひじょうにできるという評判があるが、あまりに身分がちがいすぎて、功兵衛はこれまで何度か姿を見かけたことがあるに過ぎない。

駕籠の中の男は、先ほどの雨蛙のような面貌《めんぼう》をしていた。いや、蝦蟇《がま》だろうか。

――まちがいない。筆頭家老だ。

内膳は蛙のような顔をしているといわれているのだ。

「おぬしは永見功兵衛だな」

不意に低い声で問われ、なんと、と功兵衛は戸惑った。まさか筆頭家老が自分のことを知っているとは、思いもしなかった。

「さようにございます」

落ち着いた声音で、功兵衛はなんとか答えることができた。

「勝兵衛《かつべえ》のせがれだな」

父の名が内膳の口から出てきた。まさか父のことも知っているとは、功兵衛にとってかなりの衝撃だった。

父の勝兵衛は生死不明である。八年前のある嵐の晩、城下を流れる五十間川《ごじっけん》の堤防を見に行くといって出かけたきり、行方が知れない。死んだとだけ、普請方の上役から功兵衛は聞かされた。葬儀は行ったが、骸《むくろ》はなかった。勝兵衛は普請方の仕事熱心な同心だったに過ぎず、筆頭家老が知っているような者ではない。

「さようにございます」

低頭して功兵衛は認めた。

「よく似ておるわ。勝兵衛は素晴らしく強かった。知っているか」

内膳は父の剣術の腕まで心得ているのだ。

「それがしは、人づてに聞いているだけでございますが……」

「勝兵衛と手合わせしたことはないのか」

「幼い頃は厳しく鍛えられましたが、手合わせというほどのものは……」

そうか、と内膳がいった。

「そなたも勝兵衛に似て、遣い手らしいな」

それも知っているのだ。

「いえ、さほどのものではございませぬ」

「謙遜《けんそん》せずともよい」

「畏《おそ》れ入ります」

内膳に向かって功兵衛は頭を下げた。

「まだ若いな。いくつだ」

「二十六でございます」

そうか、と内膳がまたいった。

「そなたの腕を見込んで、いずれ頼み事をするかもしれぬ。そのときはよろしく頼む」

「頼み事でございますか」

——筆頭家老がこの俺にいったいなにを頼もうというのか。

剣の腕を当てにするということなら、いやな予感しかない。

——まさか政の争いに使おうというのではあるまいな。

対立している者を消すなど、そういう類の荒事である。家中では、これまでも重職に就いていた者が闇討ちに遭って殺されるということが何度かあった。

「むろん、今すぐというわけではない」

うなずきたくなく、功兵衛は歯を食いしばっていた。

「ふむ、父親に似て強情そうな顔じゃの」

内膳が、どこか軽んじたような笑みを浮かべる。

「だが、いずれ引き受けざるを得なくなる。永見功兵衛、そのときを待っておれ」

引き受けざるを得なくなるとは、と功兵衛は思った。内膳という男は父に貸しでもあるのだろうか。

「ああ、いい忘れたが、わしは河田内膳という者じゃ」

「存じております。あの、御家老――」

功兵衛は思い切って父との関係をきこうとしたが、その呼びかけは内膳の耳に届かなかったようだ。

「では、これでな」

どこか冷酷さを感じさせる声でいって内膳が引戸を閉め、行け、と供の者に命じた。駕籠《かご》が持ち上がり、ゆっくりと進み出す。城には向かわず、そのまま道を下っていった。

功兵衛は立ちすくんだように駕籠を見送った。やれやれ、という感じで糸吉が立ち上がり、裾《すそ》についた汚れを払う。

「よし、行くか」

駕籠から目を離し、腹に力を込めて功兵衛は歩き出した。後ろを糸吉がついてくる。

「糸吉」

振り返って功兵衛は呼びかけた。はい、と糸吉が面を上げて功兵衛を見る。

「今の筆頭家老さまとのやり取りは、すべて他言無用だ。承知か」

「はい、承知いたしました」

かしこまって糸吉が答えた。糸吉から目を離し、功兵衛は足を速めた。それにしても、と思った。

――筆頭家老は、俺のことをいったいどうやって知ったのだろう。誰からか聞いたのだろうか……。

三年に一度、家中で剣術大会が開かれてはいるものの、功兵衛はこれまで一度も参加したことがない。これは父に命じられたからだ。そのために、腕のほどを筆頭家老が知っているとは驚き以外のなにものでもない。

――道場からというのは、十分に考えられるが……。

筆頭家老に腕を見込まれた父上は、と功兵衛は歩きながら思った。やはり政の争いに駒として使われたのではないだろうか。

もしや、と気づき、功兵衛は慄然《りつぜん》とした。そのために父は口封じに殺されることになったのではないだろうか。

――いくらなんでも考え過ぎか……。

だが、心にまとわりついた黒雲を功兵衛は払うことができなかった。

父は幼かった功兵衛に、剣術の腕を秘《ひ》すように口酸っぱくいっていた。決して自慢するな、とも。

あれは、いずれ功兵衛が長じたとき政争の道具として使われることが、わかっていたからではないか。

誰か要人を暗殺しても、腕前さえ知られていなければ、疑いの目が向けられることはない。再び出番が来るまで、なに食わぬ顔でじっと息をひそめていればよい。

――そういうことなのではないか。

冗談ではないぞ、と功兵衛は思った。

――俺は闇討ちなど、決してせぬ。

このまま普請方の同心として、波風を立てることなく一生を過ごすのだ。

二

両肩に重い荷物をのせているかのような気分だったが、功兵衛は足に力を込めて城を目指した。大勢の家中の士が同じように道を歩いている。

ちらほらと桜が咲きはじめていた。あと十日もすれば満開になるだろう。

まことに春が来たのだな、と功兵衛は実感し、少し気持ちが和らぐのを覚えた。

桜並木の道を歩いていくと、加瀬津城が近づいてきた。もともと天守がつくられなかった城だが、その代わり、二つある角櫓《すみやぐら》が実に壮麗で、見るたびいつも目を奪われる。

だが今日に限っては、その美しさを感じる余裕がなかった。桜の花のおかげで少し気分がよくなったものの、内膳との会話がまだ心に重しのように残っている。

――だが、いつまでも思い悩んでいても仕方がない。切り替えるのだ。

自らに強くいい聞かせて功兵衛は、瓦葺《かわらぶ》きの屋根に二つの鯱瓦《しゃちほこがわら》がしつらえられた大手門の前に立った。

「糸吉、今日もここで待っておれ」

はい、と糸吉がうなずいた。糸吉は、功兵衛が仕事を終え、戻ってくるまでここで待つことになる。

「殿、こちらを」

糸吉が風呂敷《ふろしき》包みの一つを差し出してきた。功兵衛はそれを受け取り、手に提げた。

「では、行ってまいる」

功兵衛は袴《はかま》の裾を翻すと、糸吉が、行ってらっしゃいませ、と腰を折った。他の家の中間《ちゅうげん》や足軽たちが思い思いにそのあたりに腰を下ろし、小声で会話をかわしている。

大手門をくぐり、三の丸に入った功兵衛は二の丸門を過ぎ、さらに本丸に足を踏み入れた。正面に本丸御殿が見えている。本丸御殿は政庁の役目のある表御殿と、城主とその家族が暮らす奥御殿に分かれている。

玄関から表御殿に入った功兵衛は、畳廊下を歩いて職場に向かった。普請方の詰所は玄関から五間ばかり行った左手に、ひっそりとある。

失礼いたします、と襖《ふすま》を開け、二つの十畳間がひと続きになっている職場に入る。すでに何人かの同心が席につき、茶を飲んで談笑していた。

おはようございます、と大きな声で挨拶《あいさつ》して功兵衛は文机《ふづくえ》の前に端座した。風呂敷包みをかたわらに置く。

「功兵衛」

声をかけてにじり寄ってきたのは、四つ年上の山根《やまね》伴蔵《ばんぞう》である。功兵衛の横にあぐらをかき、興味津々という顔を向けてくる。

「先ほどの駕籠《かご》の主は河田内膳さまだな。声をかけられていたようだったが、なんの話だった」

功兵衛が内膳と話をしているとき足を止めて眺めている同僚が何人かいたが、伴蔵もそのうちの一人だった。

「父上のことをいわれました。素晴らしい遣い手だったというようなことを、河田さまはおっしゃいました」

「ふむ、勝兵衛どののことをな。確かに剣名は鳴り響いておったが……」

伴蔵が不思議そうに首をひねる。

「しかし、なにゆえ筆頭家老が勝兵衛どののことを気にするのだろう。行方知れずになって久しいというのに……。ああ、功兵衛、済まぬことをいった」

「いえ、どうか、お気になさらず」

功兵衛は微笑し、小さく首を振った。

「筆頭家老さまがなにゆえ今になって父上のことを気にかけておられるのか、それがしにもわかりかねます」

「話は勝兵衛どののことだけだったのか。ほかにいわれたことはなかったのか」

「いえ、別になにも……」

剣の腕を見込まれて頼み事をされるかもしれないといわれたことは、口にできることではない。

「功兵衛、筆頭家老から、出世できるとでもいわれたのではないか」

横から口を挟んできたのは桔川大五郎《きっかわだいごろう》だ。大五郎は功兵衛より二つ上である。

「滅相もない。当たり前のことですが、そのような話は一切、出ませんでした」

「そいつは残念だったな」

「雲の上のお方にいきなり声をかけられて、とにかくびっくりしただけです」

「まあ、そうであろうな……」

それで伴蔵も大五郎も、内膳の話に興を失ったらしい。大五郎が声をひそめて、

そういえば、と唐突に口にした。

「鷹野《たかの》屋を襲った押し込みどもは、すべて捕まったそうだな」

加瀬津城下の廻船《かいせん》問屋の鷹野屋に三人組の強盗が入り、店の者を皆殺しにし、四千両近い大金を奪っていったのは五日前の夜のことである。

「それはまことか」

すぐさま伴蔵が食いつく。

「ああ、一昨日《おととい》の昼にお縄になったそうだ」

「捕らえたのは町奉行所《まちぶぎょうしょ》の者か」

「いや、目付《めつけ》衆らしい」

ほう、と伴蔵が嘆声を漏らし、輝きを帯びた目を功兵衛に向けてくる。

「ならば、腕利きで知られる水巻《みずまき》どのも、手柄を立てたのではないのか」

水巻とは五左衛門《ごさえもん》といい、功兵衛の叔父《おじ》である。功兵衛には及ばないまでも、剣の腕もかなりのものだ。

「なにしろ水巻どのは遣い手と評判だ」

「残念ながら、それがしは叔父上からなにも聞いておりませぬ。ここ最近、会っておりませんので」

「まあ、そうであろうな。功兵衛とは血のつながりがあるとはいえ、目付がぺらぺらと一件について話すことなどできぬだろうし……」

「叔父上は、特に口がかたいものですから」

「功兵衛も叔父上を見習うほうがよかろう。ああ、これは功兵衛の口が軽いといっているのではないぞ。剣の腕のことをいったのだ」

「よくわかっております。それがしも剣術には一所懸命に励みたいと考えています」

「血筋は素晴らしいのだ。がんばって修行すれば、きっと功兵衛も強くなろう」

同じ職場の者ですら、功兵衛の剣の腕を知らないのだ。

――内膳さまは、いったい俺の腕について誰から聞いたのだろう。道場の者から、というのもあり得るが……。

「それで、賊どもはどこで捕まったのだ」

勢い込んで伴蔵が大五郎に質《ただ》した。

「どうも隠れ家らしい」

「隠れ家だと。賊どもは領内にひそんでおったのか」

「目付の手が及んだのなら、そういうことであろう」

領外に逃げられては目付も町奉行所の者も、手出しはできない。逃げ込んだところが他の大名家の領内だと判明した場合、捕らえてくれるよう依頼をしなければならない。

顎《あご》に手を当て、伴蔵が首を傾げる。

「なにゆえ、賊どもはさっさと領外へ逃げ出さなかったのかな。加瀬津湊を使えば、船でどこにでも逃げられたのに」

「湊は誰もが目をつけるからな。捕り手に先回りされることを、恐れたのかもしれぬ。ほとぼりを冷ますために、隠れ家にひとまず身をひそめたのではないかな」

一理あるな、と功兵衛は大五郎のいい分に感心した。

「ほとぼりを冷ましたのち、領外に出るつもりであったか。しかし、よく隠れ家を突き止めたものだ。目付衆は、やはり探索の力が抜きん出ておるな」

伴蔵が褒め称《たた》えたとき、襖をからりと開け放って、普請方頭を務める井上忠吾《いのうえちゅうご》が入ってきた。それを見て、皆があわてて席に戻る。

「皆の者、おはよう」

上座についた忠吾が、そこにいる全員を見渡した。おはようございます、と皆が返した。忠吾を頭に、同心が十六人という職場である。

「今日も役目に励むように」

口調は柔らかだが、忠吾は今朝も謹厳そのものの顔つきをしている。実際、冗談がまるで通じない男である。

ははっ、と皆が声を揃える。

「よし、はじめよ」

忠吾の声を合図に功兵衛は普請に関する書類を開き、仕事に取りかかった。ほかの者も同様である。

剣術の稽古《けいこ》と同じで、一度のめり込んでしまえば、功兵衛はなにが起きようとも集中を乱されることはほとんどない。今日もいつもと変わらず、書類仕事にすんなりと入り込むことができた。

仕事をはじめてからどのくらい経過したものか、襖《ふすま》の外が妙に騒がしくなったのを感じたが、別段、気にしなかった。

しかしその直後、殿のお成り、という甲高い声が耳に入ったときは、さすがに書類から顔を上げた。

殿とは、と功兵衛は思った。越中守《えっちゅうのかみ》さまのことであろうか。

——いや、ほかにこの御殿内で殿と呼ばれる者はいらっしゃらぬ。

加瀬津城主である越中守斉晴《なりはる》が、政務をこなしている大書院を不意に出るのは珍しいことではない。表御殿内のさまざまな詰所を巡っているらしいのだ。ときには馬を駆り、郡奉行所《こおりぶぎょうしょ》に行くこともあるようだ。

いつものようによその詰所にいらっしゃるのであろう、と功兵衛は軽く考えていたが、いきなり横の襖が開き、二人の小姓《こしょう》らしい侍が入ってきた。

——まさか殿はここに……。

「殿がおわすゆえ、皆、控えよ」

頭の忠吾を含め誰もが狼狽《ろうばい》を隠せずにいたが、手にしていた筆を置くや、その場に平伏した。

ずい、という感じで、一人の大柄な男が敷居をまたいだのを、功兵衛は目の端で捉《とら》えた。

——まちがいない。殿だ。

これまで数えるほどしか姿を見たことがないが、いま詰所に足を踏み入れてきた男は紛れもなく斉晴である。

なにしろ大柄で、偉丈夫といってよい男なのだ。一度見たら、見まちがえようがない。

それにしても、斉晴が今日、普請方の詰所にやってくるとは夢にも思わなかった。

——これまでお顔すらろくに知らなかったお方に知らなかったお方に立て続けにお目にかかるとは、今日は不思議な日だ。

　斉晴は、子だくさんとして知られる徳川《とくがわ》将軍の九男坊で、竹坂家に婿入りしてきた。

　石見国加瀬津に所領を持つ竹坂家の前の殿だった継親《つぐちか》には跡継ぎがいなかった。志《し》都《づ》という十八の娘が一人いるのみだった。一年半前、そこに公儀が付け込む形で斉晴を志都の婿として押しつけてきたのである。歳は、まだ二十三のはずだ。

　義父の継親は四十四と若いが、すでに隠居の身である。今も男子は一人もなく、城の二の丸御殿で、数人の若い側室とともに日々を過ごしている。

「皆の者、面を上げよ」

朗々たる声で斉晴がいった。その言葉に従ってよいものか、功兵衛には逡巡《しゅんじゅん》があった。ほかの者も同様のようだ。

「遠慮はいらぬ」

斉晴が声を励ましていったことで、まず忠吾が顔を上げた。他の者もそれに倣《なら》う。

初めて斉晴の姿を間近で見て功兵衛は、とてもよい殿さまではないかと感じた。潑剌《はつらつ》とし、後光を背負っているようなのだ。名君の香りを放っている気がした。

──竹坂家を、さらに盛り立ててくれるお方かもしれぬ。

先ほど会ったばかりの河田の働きもあって竹坂家の台所は安定しており、他の大名家でよく聞かれる禄《ろく》の借り上げなどは、一切行われていない。家中の侍たちは貧しいながらも、さほど困窮することなく暮らしている。

大した産業もない土地なのに、なにゆえなのか、と功兵衛は奇異の感を抱いている。日本海に面してかなり大きな湊があり、交易が盛んであるとはいえ、それだけで家中が豊かになるものなのか。

湊を持つ大名家など数え切れないほどあるが、それらの家がすべて裕福だとは思えない。台所の事情が苦しく、汲々《きゅうきゅう》としている大名家はいくらでもあるはずだ。

――なにゆえ御家だけが……。

そのとき斉晴が詰所内を歩き出し、同心たちに声をかけはじめた。いつも忙しくしているのであろうな、それはなんの帳面だ、決して無理をするでないぞ、そなたは字が上手だな、そなたの働きがあるからこそ余は安気に暮らせるのだ、などと一人一人に優しく語りかけている。誰もが感激の面持ちだ。

斉晴が功兵衛のところにやってきた。むっ、となにかの気配を覚えたように体をかたくした。腰を折り曲げて功兵衛をまじまじと見る。

「そなたは何者だ」

考えてもいなかった質問をされ、功兵衛はなんと答えるべきか咄嗟《とっさ》に判断できなかった。

「そなたは剣術の遣い手だな」

同僚たちに秘密にしていることを指摘され、功兵衛はどきりとした。

「どうだ、そなたは強いのであろう」

重ねて問われ、功兵衛は顎を引いた。斉晴に対し、嘘をつくわけにはいかない。

「剣術は嗜《たしな》む程度でございますが……」

「それはちがうな。そなたは相当の鍛錬を積んできておる。余の目はごまかせぬ」

自身の研鑽《けんさん》のほどを見抜かれ、功兵衛は瞠目《どうもく》せざるを得なかった。

「いえ、さほどのものではございませぬ」

ささやくような声で功兵衛は答えた。先ほど河田内膳にも同じ言葉をいったことを思い出した。

「それは謙遜《けんそん》だな。そなた、名はなんという」

ここで名乗ってよいものなのか、功兵衛は迷った。

「構わぬ、いうのだ」

はっ、と功兵衛はかしこまり、腹を決めた。

「永見功兵衛と申します」

「よい名だ。功兵衛」

友垣同士のような、どこか気安い口調で斉晴が呼びかけてきた。

「今度、余と勝負してみぬか。むろん竹刀でだが」

えっ、と功兵衛は我知らず声を出していた。斉晴が、剣術を得意としていることはむろん知っている。大名の手慰みとは、とても呼べないほどの腕らしい。

実際、家中の剣術指南役では相手にならないようなのだ。

「それがしのような身分の者がお相手するなど、あまりに畏《おそ》れ多いことでございます」

斉晴の相手などできるはずもなく、功兵衛は平伏するしかなかった。

「よいか、功兵衛」

功兵衛を見据えて、斉晴が呼びかけてきた。

「余はこれまで強い者が家中におらぬか、ずっと捜してきたのだ」

剣術の剛者を見つけるために、表御殿の詰所や郡奉行所などを、次々に回っていたということか。

ふとしゃがみ込んだ斉晴が、よく光る目で功兵衛の顔をのぞき込んできた。

「ようやくここで遣い手といえる者を見つけたのだ。そうたやすく逃すわけにはいかぬ。どうだ、功兵衛、余と竹刀を交えてみぬか」

「まことに心苦しいのでございますが、ご遠慮させていただきます」

いくら斉晴が強いといっても、おそらく功兵衛のほうが遥《はる》かに腕は上であろう。竹刀を用いるとはいえ、下手をすれば、なにかの弾みで怪我をさせてしまうかもしれない。

「功兵衛は、余に傷を負わせることを恐れているのではないか」

やや強い口調で斉晴がずばりといった。

「滅相もございませぬ。それがし程度の腕では、遣い手と呼ばれる殿に怪我など負わせられるはずがございませぬ」

「功兵衛は遣い手ではないか。だが剣術に怪我は付き物だ。怪我を恐れていては強くなれぬ。そのことは、そなたは骨身にしみてわかっているのではないか」

「いえ、そのようなことは……」

「功兵衛、どうしてもおのれの強さを認めぬつもりか」

斉晴に強くいわれ、功兵衛は畳に両手をついた。

「それがしは強くありませぬ」

ふむう、と大きく息をついて斉晴が立ち上がった。

「なかなかに強情な者よな。わかった。今日のところは引き上げることにいたす。だが功兵衛、余はあきらめたわけではないぞ。そなたは必ず余と立ち合うことになろう。そういう運命だと心得よ」

一転、斉晴がぽんぽんと功兵衛の肩を柔らかく叩《たた》いてきた。もったいない、と思ったが、その手には温《ぬく》もりがあり、労《いたわ》りのようなものが感じられた。

「功兵衛、息災に過ごせ」

その瞬間、大袈裟《おおげさ》でなく、このお方のためなら死んでもよい、と功兵衛は思った。

「皆の者、騒がせて済まなかったな。仕事に戻ってくれ」

いい置いて斉晴が詰所を出ていった。そのあとを二人の小姓が続く。襖《ふすま》が音もなく閉じられた。

まだ斉晴がその場にいるかのように、誰もがこうべを垂れたままだ。静寂が詰所内を覆っている。

つと頭を上げた忠吾が、こほん、と小さく咳払《せきばら》いをした。それを潮に、詰所内にざわめきが戻った。

「功兵衛、おぬしが剣の遣い手というのは、まことのことなのか」

功兵衛の横に座る伴蔵が小声できいてきた。

「まさか、そのようなことがあるはずがございませぬ」

だが、その言葉は伴蔵の耳に入らなかったようだ。

「もし殿のお言葉が本当なら、血は争えぬということだ。功兵衛、なにゆえ剣術の達者であることを隠していた」

「隠すもなにも……」

そのとき、永見っ、と叱責《しっせき》の声が飛んできた。見ると、忠吾が功兵衛をにらみつけていた。伴蔵があわてて席に戻る。

「いつまでもしゃべっておるでない。さっさと仕事をするのだ」

はっ、と低頭した功兵衛は筆を執り、文机《ふづくえ》上の書類に目を落とした。

三

三日続けて出仕すれば、四日目は非番となる。功兵衛は今日、休みである。

だからといって、だらだら過ごす気はなかった。出仕するときと同じく明け六つには起き出し、朝餉《あさげ》をつくって糸吉とともに食した。

——しかし昨日は驚いたな。

食事を終えた功兵衛は箸《はし》を膳《ぜん》の上に置き、右肩に自分の手をのせてみた。今も、斉晴の温もりが感じられる気がする。

「殿、どうかされましたか。肩こりでございますか」

まだ食べている糸吉が箸を止めて、きいてきた。そういえば、斉晴のことを糸吉にはまだ話していなかった。

茶を一口喫してから功兵衛は、昨日なにがあったか詳《つまび》らかに語った。

ええっ、と糸吉が頓狂《とんきょう》な声を上げた。

「お殿さまが詰所にいらして、殿の肩に手を置いてくださったのですか」

「まことに温かな手であった」

「お殿さまは、剣で勝負をするよう、殿におっしゃったのですね。それで、殿はなんとお答えになったので」

興味津々という顔で糸吉が問うてきた。

「むろん、お断り申し上げた。殿にお怪我を負わせるわけにはいかぬ」

さようでございましょうねえ、と糸吉が納得した声を上げた。糸吉は生まれたときから永見家に仕えているも同然で、功兵衛がどれほどの遣い手か、よく知っている。

「お殿さまは、また誘いにこられましょうか」

糸吉が真剣な眼差《まなざ》しを功兵衛に注ぐ。

「あきらめたわけではない、とおっしゃったゆえ、必ずいらっしゃる」

「そのときどうされますか」

「二度はさすがに断れまい」

「では——」

糸吉が案じ顔をしている。功兵衛は明るい声で続けた。

「そのときはそのときだ。わざと負けるしかあるまい。しかし手加減したのがばれたら、殿はお怒りになろうな……」

剣術に関しては、ごまかしがきかないような気がする。

「まさか手討ちということには、なりませんでしょうね」

斉晴の手の温かみを功兵衛は思い出した。

「さすがにそこまではなされまい。お優しいお方ゆえ」

「それならよいのでございますが……」

立ち上がり、糸吉が朝餉の後片付けをはじめた。

「ところで殿は、今日なにをして過ごされるおつもりでございますか」

流しで皿や茶碗《ちゃわん》などを洗いながら糸吉がきいてきた。

「久しぶりに道場に行こうと思っている」

「体を動かされるのは、とてもよいことだと存じます」

「糸吉、もう五つは過ぎたか」

「はい、先ほど時の鐘が鳴ったような気がいたします」

そうか、と功兵衛がいったとき鐘の音が響いてきた。あれ、と糸吉が首を傾げる。

「今が五つのようでございますね。先ほどのは空耳だったか……」

糸吉には、この手のことが実に多い。当人は別に嘘をついているわけではなく、本当に鐘の音を聞いたと思っているのだ。

「五つなら、ちょうど午前の稽古《けいこ》がはじまる頃だな」

立ち上がった功兵衛は手早く身支度をととのえ、両刀を腰に差した。稽古着の入った風呂敷《ふろしき》包みを手に持ち、玄関に行く。式台に下り、三和土《たたき》の雪駄《せった》を履いた。

「糸吉、まいるぞ」

「はい、お供仕《つかまつ》ります」

食器洗いを終えた糸吉が手を拭《ふ》きながら玄関前に姿を見せ、功兵衛の風呂敷包みを受け取る。戸締まりをして木戸門を出る。

目指すは城下の橋建町《はしだてまち》にある滝村《たきむら》道場である。

橋建町は、功兵衛が暮らす竹園町《たけぞのまち》と城を挟んだ反対側にある。町人が数多く住む町で、滝村道場には侍の門人は、功兵衛ともう一人を除いていない。

途中、赤子をあやしている町人の父親の幸せそうな笑顔を、糸吉がうらやましげに見ていた。

「糸吉、創吉《そうきち》が恋しいか」

創吉は糸吉の父親である。

「いいえ、赤子がかわいいなあ、と思っただけでございますよ。おとっつぁんが死んで、もう十四年もたちますから、恋しいなんて思ってはおりません。最近では、どうも顔もおぼろげになってまいりましたし……」

寂しげに糸吉がいった。そうか、と功兵衛は相槌《あいづち》を打った。父親だけでなく、糸吉の母親のお民《たみ》もすでにこの世にない。

創吉とお民は永見家に下働きとして夫婦で仕えていたが、お民は産後の肥立ちが思わしくなく、糸吉を産んで六日後に息を引き取った。父親の創吉はその七年後に、風邪をこじらせてあっけなくこの世を去った。

創吉が死んだとき、糸吉は遺骸《いがい》にすがりついて大泣きした。あの声は、功兵衛の耳に今もこびりついて離れない。

よくかわいがってくれた創吉の死も悲しくてならなかったが、それ以上に功兵衛が心を痛めたのは、兄弟同然に育ってきた糸吉がこの世にたった一人になってしまったことだ。それがあまりにかわいそうで、功兵衛も号泣した。

今も糸吉の顔のつくりは、あの頃とほとんど変わっていない。糸吉を見ていると、なにか放っておけない気持ちになってくる。

——やはり弟も同然なのだな……。

「殿は、お父上が恋しくはございませんか」

糸吉にきかれ、功兵衛は少し考えた。

「たまに恋しくなる。だが、父上のことを考えたところで仕方がない」

「今も生きていらっしゃるというようなことは、ないのでしょうか」

「ないだろうな」

口封じに殺されたという思いは、功兵衛の心に今や根を張っている。

「もし生きていらしたら、八年ものあいだ音沙汰《おとさた》がないということはあるまい」

――父上があっけなく殺されるとは思えぬが、やはり死んだと考えるしかない……。

屋敷から橋建町まで半里ほどで、功兵衛たちは四半刻《しはんとき》ほどで道場に到着した。

道場は、橋建町の西側にある小高い丘に抱かれるように建っている。

中からは激しく竹刀を打ち合う音、気合をかける甲高い声、床に倒れ込んだ音などが聞こえてくる。

「糸吉、一緒に入るか」

いえ、と怖気《おぞけ》を震ったような顔で糸吉がかぶりを振る。

「手前は剣術が苦手ですので、いつものように外で待たせていただきます」

わかったと答えて風呂敷包みを受け取った功兵衛は、胆剛流《たんごうりゅう》滝村道場と墨書された看板横の戸をからりと開けた。

そこは三和土になっており、横に沓箱《くつばこ》がしつらえられている。戸を閉め、脱いだ雪駄をしまって式台に上がり、板戸を横に滑らせた。

十人ほどの門人が防具をつけ、激しく打ち合っていた。熱気が押し寄せてきて、功兵衛はそれを心地よく受け止めた。

「おはようございます」

中に声を放ってから功兵衛は道場に足を踏み入れた。次の瞬間、おっ、と声を上げたのは、見事な胴が門人の腹に決まったのを目の当たりにしたからだ。防具の上からでも相当の衝撃があったらしく、打たれた門人が片膝《かたひざ》をついて痛みに耐えている。おそらく息も詰まっているのだろう。

胴を打った男が、面越しにちらりと功兵衛を見る。さすがだな、と思いつつ功兵衛は目礼を返し、すぐそばの納戸に入った。

この道場には滝村軒園斎《けんえんさい》という道場主がいるが、腕は立たず、道場には滅多に姿を見せない。奥にある住居で、朝から酒を飲んでいることがほとんどだ。師範代も置いておらず、古株の門人が若い門人たちを指導している。

着替えを済ませ、功兵衛は道場に出た。

「久しぶりだな、功兵衛」

外した面を小脇に抱え、近づいてきたのは昨日、詰所で話題になった叔父《おじ》の水巻五左衛門である。この道場で、功兵衛以外にもう一人いる侍の門人だ。

「今日は非番か」

「さようにございます。叔父上、無沙汰をしてしまい、まことに申し訳ございませぬ」

「そのようなことはいわずともよい。わしは目付ゆえ、できるだけ人と関わらぬほうがよいのだ。かわいい甥《おい》といえども同じことだ」

家中の侍とできるだけ交わらないようにと、五左衛門は町人しかいないこの道場を、稽古の場として選んだと聞いている。それが、もう二十年以上も前のことになる。

「叔父上も非番なのですね」

「久しぶりに休みが取れた」

おそらく、鷹野屋に押し入った強盗の探索にかかりきりになっていたのだろう。見事に捕縛することができ、それで休みをもらったに相違ない。

八年前に父が失跡したのち、功兵衛は五左衛門の勧めで滝村道場に入門した。父の実弟だけに、五左衛門は勝兵衛から功兵衛についていろいろ話を聞いていたようだ。むろん功兵衛の業前のすごさも熟知しており、なにもせずに腕を錆《さ》びつかせるのがもったいないと思ったらしい。

ふと、五左衛門が物憂げな顔をしていることに功兵衛は気づいた。

「叔父上、どうかされましたか」

うん、と五左衛門が顔を上げた。

「いや、なんでもない。功兵衛、やるか」

竹刀を軽く振ってみせ、五左衛門がいざなってきた。

「やりましょう」

やる気満々に答えた功兵衛は床に端座し、面をつけた。立ち上がって壁に歩み寄り、竹刀掛から竹刀を取る。

五左衛門も面をつけ直してから、すっくと立った。

功兵衛は竹刀を手に五左衛門と向き合った。

二人の対決がはじまることを知った他の門人たちが稽古の手を次々に止めていく。

「功兵衛、三本勝負でよいな」

先に二本取ったほうが勝ちである。

「叔父上、泣きの一本はなしということでよろしゅうございますね」

「当たり前だ。わしはこれまでおまえに泣きついたことは一度もない」

「おっ、ずいぶんなことをおっしゃいますな」

うるさいといわんばかりに五左衛門が竹刀を正眼に構える。功兵衛も同じ構えを取った。

しばらく功兵衛を見つめていたが、ええいっ、と気合をかけるや、五左衛門がすり足で飛び込んできた。上段から竹刀を振り下ろしてくる。

竹刀を振り上げ、功兵衛は、がしん、と打ち返した。その衝撃の強さに押され、五左衛門がわずかに後ろへ下がる。

すかさず功兵衛は突っ込み、五左衛門の胴を打とうとした。それを五左衛門がぎりぎりで受け止め、えいやっ、と声を出して功兵衛を押し返してきた。

功兵衛も力を込め、五左衛門をぐいっと押した。五左衛門が踏みとどまり、鍔迫《つばぜ》り合いになった。

間近に見える五左衛門の顔は、押し合いに負けるものかと力を入れているようで、かなり赤みを帯びていた。

「功兵衛、殿に腕前がばれたそうだな」

功兵衛を必死に押しながら五左衛門がささやきかけてきた。

「よくご存じで」

「わしを誰だと思っている」

「さすが泣く子も黙るといわれるお目付だけのことはございますな」

功兵衛は腰を落とし、全身で五左衛門を押しはじめた。ずず、と足の裏を滑らせて五左衛門が後退する。それを見て、功兵衛は一気に五左衛門を突き放そうとした。

だが、その前に五左衛門が後ろにいち早く跳び、功兵衛と距離を取ろうとする。鍔迫り合いになった場合、先に離れたほうが不利になることは承知の上での動きだろう。

功兵衛は好機と見て、竹刀を上段から振り下ろした。それを五左衛門は竹刀で受け止めたが、功兵衛の膂力《りょりょく》の強さを支えきれず、わずかに右の膝《ひざ》が割れ、右肩が落ちた。それに気づき、あわてて体勢を立て直そうとしたが、今度は左の肘《ひじ》が下がり、横面に隙ができた。

その瞬間を逃さず、深く踏み込むや功兵衛は竹刀を打ち下ろしていった。

びしっ、と音が立ち、面越しに五左衛門が、やられたという顔になった。周りの門人たちから、おおっ、とどよめきが起きる。

一瞬、気が遠くなったか、五左衛門がふらりとしたが、首を振ってしゃんとした。やはり強いな、との思いを宿した両眼が功兵衛を見ている。

「まずは一本、いただきました」

にこりとして功兵衛は告げた。

「この馬鹿力が」

あきれたように五左衛門が首を何度か振る。

「いつもこの馬鹿力にやられるのだ。まずは、鍔迫り合いにならぬようにしなければならぬ」

自らにいい聞かせるように五左衛門がつぶやいた。

「よし、功兵衛、二本目だ」

目をぎらつかせ、五左衛門が全身に戦意をたぎらせる。

うなずいた功兵衛は竹刀を正眼に構えた。五左衛門も同様の姿勢を取る。

今度は気合をかけず、すり足でゆっくりと五左衛門が前に進んできた。上段から振り下ろすと見せて竹刀の軌道を変化させ、功兵衛の胴を打ち抜こうとした。

鋭い振りだったが、功兵衛にはその竹刀の動きは、はっきり見えていた。いったん竹刀を下におろし、そこから振り上げていく。

竹刀がぶつかり合い、がしんと激しい音が立った。自分の竹刀を押さえ込むことができず、五左衛門の腕が少し上がった。

今度は、右の胴に隙ができた。功兵衛は正確に竹刀を打ち込んでいった。

あわてて五左衛門が竹刀を戻そうとするが、遅きに失した。びしっ、と音がし、五左衛門の口から、ううっ、と苦しげな声が漏れた。

「くそっ、やられた」

面の中の顔が悔しげに歪《ゆが》んでいる。

「叔父上、これで勝負は決まりました」

五左衛門を見つめて功兵衛は勝利を宣した。

「功兵衛、もう一本だ」

「泣きの一本は、なしということだったはずですが」

「誰がそんなことをいった」

ふふ、と功兵衛は微笑した。

「お目付とはとても思えぬお言葉……」

「うるさい、やるぞ」

だが、その一本も功兵衛があっさり取った。数合、打ち合ったのち、五左衛門が得意の片手突きを繰り出してきたのだが、それをわずかな身の動きでかわした功兵衛は、逆に竹刀を思い切り突き出していったのだ。

それが見事に胸に決まり、五左衛門が後ろに吹っ飛んだ。背中で床を一間ほど、ずずずと滑ったところで動きを止めた。

おおっ、とひときわ大きなどよめきが門人たちから起きた。

やり過ぎたか、と功兵衛は肝を冷やした。五左衛門に急いで近づく。

まさか死んではいないだろうが、少なくとも気絶しているのではないだろうか。

ふう、と天井に向かって五左衛門が大きく息をつき、ゆったりとした動きで上体を起こした。それを見て功兵衛はほっとした。

疲れ切った顔で五左衛門が、功兵衛、と呼びかけてきた。

「おまえには情けというものがないのか」

「剣に限ってはありませぬ」

そのようだな、といって五左衛門が手を伸ばしてきた。

「功兵衛、ちと手を貸してくれ」

功兵衛の手にすがるようにして、五左衛門が立ち上がった。顔を寄せ、功兵衛にささやきかける。

「殿のお相手をするときも情けをかけぬのか」

むっ、と功兵衛は詰まった。

「そのときになったら、考えます」

「考えるまでもあるまい。殿はわしより強いぞ。おまえが手加減したかどうか、必ず見抜こう。力を出し尽くして戦わぬ限り、おまえが殿から解き放たれることはない」

功兵衛から離れた五左衛門が床に座り、面を取った。あふれ出すように湧いている汗を、手ぬぐいで拭《ふ》きはじめる。

功兵衛はその横に端座したが、さして汗はかいておらず、まだ面を取るつもりはない。

功兵衛を憧《あこが》れの目で見てから、他の門人たちが稽古《けいこ》を再開する。喧騒《けんそう》が道場内に戻ってきた。

「しかし、功兵衛は相変わらずすさまじい腕をしておるな。骨身にこたえたわ」

首を小さく振って五左衛門が胸をさすった。

「大丈夫ですか」

むろんだ、と答え、五左衛門が少し息を入れた。

「わしも家中にはなかなかおらぬ腕前のはずだが、おまえとやると、まさに大人と子供でしかない。わかってはいたが、せめて一本、取りたかった……」

五左衛門は本気で悔しがっているように見えた。ただし、どこか屈託のありそうな顔をしているのも事実である。

やはりなにかあったのではないか。功兵衛は五左衛門の顔をのぞき込んだ。

「叔父上《おじ》、どうかされましたか」

「いや、なんということもないが……。なにゆえそのようなことをきく」

五左衛門が平然とした顔つきでいった。

――まことだろうか……。

なにか屈託があるからこそ、功兵衛の前に稽古していた門人の胴を、したたかに打ち据えたのではないか。五左衛門はそのような荒事を滅多にするような男ではないのだ。

前に叔父上は、と功兵衛は思い出した。わしに気がかりがあるとすれば自分に子がないことだ、といっていた。そのために、家には自分と同じように養子を迎えることになるだろう、とも口にしていた。

十五年ばかり前、五左衛門は水巻家に婿入りしたのだ。いま歳は四十一である。

――だが、養子のことで悩んでいるわけではあるまい。もしや、夫婦仲がうまくいっておらぬのか……。

祥恵が生きていた頃、功兵衛にも小さな夫婦喧嘩《げんか》が何度かあった。そのたびに功兵衛の気分は暗くなり、同僚の伴蔵などに、なにかあったのか、ときかれたものだ。

五左衛門の妻の節代《せつよ》は五左衛門より十も下で、少し冷たい感じのする美人だ。夫婦仲がどうなのか、正直、知らない。きくわけにもいかない。

功兵衛、と気持ちを入れ替えたように五左衛門がいった。

「西脇《にしわき》道場の伊田与五郎《いだよごろう》を覚えているか」

いきなり五左衛門にきかれ、功兵衛は少し驚いた。

「はい、覚えております」

三年に一度行われる家中の剣術大会を、二回連続で勝ち抜いた男である。功兵衛は両度とも大会には参加せず、試合を眺めていただけだが、与五郎は恐ろしいまでの強さを誇っていた。正直、勝てるという確信を抱くことはできなかった。

──それでも、伊田どのと戦いたくてならず、たぎる血を抑えるのが大変だったな……。

殿も同じ気持ちでいらっしゃるのか、と功兵衛は気づいた。

──もし次に見えたら、やはり快く受けてしんぜよう。

「おまえが剣術大会に出ていれば、伊田は一番になれなかったであろう。二度とも勝っていたのはおまえだ」

「いえ、そのようなことは……」

「いや、まちがいなくそうだ。伊田もすごいが、功兵衛のほうがもっとすごい。それだけの剣の才が普請方で埋もれていくのは、あまりに惜しい。天もなにかしら意味があって、功兵衛にそれだけの才を与えたはずなのだが」

「伊田どのもすごい才の持ち主ですが、算勘の才を買われて、江戸《えど》の上屋敷に勤仕しています」

三年前、与五郎は江戸定府《じょうふ》になったのだ。

「つまりあの男は剣術より、算勘の才が上だったということだ。功兵衛とはちがう」

そんなことはあるまいが、と思ったが、功兵衛は口にしなかった。

与五郎とは面識はないが、つつがなく過ごしているのだろうか、と功兵衛は考えた。江戸上屋敷の勘定方《かんじょうかた》なら、まちがいなく激務であろう。

剣の才を錆《さ》びつかせてはいないだろうか。もっとも、江戸は剣術の本場だ。その気になれば、よい道場はいくらでも見つかるはずだ。

それで会話が途切れた。また五左衛門が考え込んでいる。顔色もよいとはいえない。本当に大丈夫なのか、と功兵衛は心配でならなかった。

功兵衛がじっと見ていることに気づいたらしく、五左衛門が顔を上げた。

「叔父上は、なにゆえ急に伊田どののことを持ち出されたのですか」

それか、と五左衛門がいった。

「功兵衛が出ていたら圧勝していただろうな、と考えながら剣術大会を見ていたことを思い出してな。兄上も、功兵衛の腕を隠すような真似をせず、普通に育てればよかったのだ。さすれば、大会に出られ、功兵衛の業前のすごさを皆が認めたものを……」

遠くを見るような目をして、五左衛門が慨嘆した。

「では功兵衛、わしは帰る」

大儀そうに五左衛門が立ち上がり、納戸に入る。着替えを終え、戸を開けて出てきた。紺の小袖《こそで》がよく似合っており、少しだけだが、生気を取り戻したように見えた。

功兵衛は戸口まで行き、お気をつけて、と供とともに帰っていく五左衛門を見送った。

――本当にどうされたのだろう。もしや仕事の上での悩みだろうか。

目付なら、いろいろと気に病むことがあるにちがいない。

口に出せない秘密がいくらでもあるはずで、それらをすべて胸に抱え込んでいるのだ。しかも、五左衛門はもう十五年も目付を続けている。さすがに心が蝕《むしば》まれても不思議はないのではないか。

やがて五左衛門の姿が見えなくなった。

――叔父上が、なんでもないとおっしゃるのだ。今はそれを信じ、見守るしかあるまい。

功兵衛は、外で待っているはずの糸吉を見やった。用水桶《ようすいおけ》にもたれ、座ったまま こくりこくりと眠っていた。

相変わらずどこでも眠れるのだ。功兵衛はその図太さがうらやましかった。

その後、功兵衛は若い門人たちと望まれるままに手合わせをした。手加減はした が、門人たちはまったく歯が立たなかった。

――この中に、俺のことを河田内膳さまに伝えた者がいるかもしれぬのか……。

もとより功兵衛に、穿鑿《せんさく》する気などない。もう腕のほどは河田に知られているし、 主君の斉晴にも露見したのだ。

今さら誰が功兵衛のことを河田に漏らしたかなど、どうでもよいことだ。悪意が あってのこととも思えなかった。

四

ほとんど汗をかいておらず、手ぬぐいを使うまでもなかった。それでも体を存分 に動かしたことで、功兵衛は十分に満足した。

床に座って面を外し、そろそろ帰るとするか、と立ち上がった。じき昼であろう。納戸に入ろうとしたそのとき、頼もう、という声が戸口のほうから聞こえてきて、功兵衛は足を止めた。

——今のは女の声ではなかったか。

すぐさま応対に出た若い門人が、功兵衛のもとに急ぎ足でやってきた。功兵衛は向き直り、若い門人を見つめた。

「お客人が、永見功兵衛どのはおられるか、とおっしゃっています」

「女性のようだが、どなただ」

「弥生《やよい》さまと名乗っておられます」

弥生さまだと、と功兵衛は首をひねった。どこかで聞いたような名ではあるが、知り合いにその名を持つ者は一人もいない。

「お若いお方で、とてもおきれいでいらっしゃいます。おそらく、筆頭家老さまのご息女ではないかと。朝顔の家紋の乗物が控えておりますので……」

「なんと」

今度は河田内膳の娘とは。あまりの驚きに功兵衛は声をなくした。

——それゆえ、名に聞き覚えがあったのか。

筆頭家老の息女なら、どうしても名は耳に入ってくるものだ。

――しかし、なにゆえ河田家の息女が道場まで会いに来たのか……。俺のことを知っているのはどうしてだ。

「弥生さまは用件をおっしゃったか」

「いえ、永見さまにお目にかかりたい、とだけおっしゃいました。手前が思うに、おそらく道場破りではないかと。竹刀が入っている刀袋を供の方が持っていらっしゃいます」

「女の身で道場破りだと」

功兵衛は目をみはったが、いつまでも弥生を外で待たせておけないことに気づいた。むろん、追い返すこともできない。

「お入りいただいてくれ」

わかりました、と若い門人が戸口に向かった。すぐに一人の娘を連れてきた。供の者らしい二人の侍が、用心棒のように後ろについている。二人とも、なかなか遣えそうではあった。

竹刀を手に、功兵衛は道場の真ん中に立った。供の二人の小馬鹿にしたような眼《まな》差《ざ》しは、功兵衛に注がれていた。この男が今日の姫さまの餌食《えじき》か、といいたげな顔をしている。

弥生がまっすぐ進み、功兵衛の前で足を止める。圧倒されたか、門人たちが畏《おそ》れ入ったかのように道場の端に寄り、端座していく。

――ふむ、この人が河田内膳さまの娘御か。

後ろで長い髪をまとめ、凜々《りり》しく美しい立ち姿をしている。勝ち気そうな顔つきで、剣術の腕も相当のものに見えた。

――生半《なまなか》な者では相手にならぬであろう。

功兵衛も歩き出し、弥生の前に立った。

「それがしが永見功兵衛でございます」

丁寧に辞儀して功兵衛は名乗った。

「河田弥生と申します」

女にしては朗々とよく通る声で名乗り返してきた。

「永見どの。昨日、殿さまから勝負を挑まれたというのはまことですか」

いきなりいわれ、功兵衛は瞠目《どうもく》した。

――それをなにゆえこの女性が知っているのか。

「はい、まちがいございませぬ」

斉晴から立ち合うようにいわれたのは、紛れもない事実である。

「あの、弥生さまは、そのことをどなたから聞かれたのでございますか」

「殿さまからうかがいました」

やはりそうであったか、と功兵衛は思った。

「昨夜、殿さまが我が屋敷にお越しになりました。そのとき、永見どののことを褒め称《たた》えておられました。私はそれだけの遣い手と殿さまよりも早く勝負をしたいと考え、ここまでやってまいりました」

そうであったか、と功兵衛は納得した。

「それがしがこの道場で修行していることを、どなたから聞かれたのです」

「それは父からうかがいました。父は、永見は非番のときよく橋建町の道場に行っているようだ、と申していました」

内膳さまはそこまで俺のことを知っているのか、と功兵衛は驚くしかなかった。

永見どの、と呼びかけ、弥生が厳しい目で功兵衛を見つめる。

「自分が大した腕ではないなどと、とぼけることは許しませぬ。殿さまのお目は確かです。見誤ることなど、あり得ませぬ。疑いようもなく、永見どのは剛者でありましょう。是非とも私と立ち合ってください」

「弥生さま、もう一つうかがってもよろしゅうございますか」

「なんなりと」

弥生が形のよい顎《あご》をすっと引いた。

「弥生さまは、筆頭家老を務められている河田内膳さまのご息女でございますね。それほどの身分のお方が、なにゆえそれがしと勝負をされようというのでございますか」

「たぎる血が抑えられぬからです。私は幼き頃より剣術が大好きで、常に強い者と戦いたくてならぬのです。昨日、殿さまから永見どののお話をうかがい、いても立ってもいられなくなり、飛んでまいりました」

弥生の気持ちはよくわかる。功兵衛自身、家中の剣術大会での伊田与五郎の無敵ぶりを目の当たりにし、戦いたいとの思いを抑え込むのに必死だったからだ。

「わかりました。立ち合いましょう。弥生さま、着替えはそちらでなさってください」

功兵衛は納戸を指し示した。弥生が素直に納戸の戸を開け、入っていく。戸が閉められ、納戸の前に二人の供の者が用心棒のように立った。

防具に身を固めた弥生が、納戸から出てきた。面や胴、籠手《こて》などの防具は、いかにも金がかかっていそうだ。手にしている竹刀も、特にあつらえたものではないだろうか。

——それにしても、ずいぶん短い竹刀だな。

おそらく、弥生の背丈に合わせてつくられているのだろう。こだわりがあるのだな、と功兵衛は感心した。

面をつけ終えた弥生が功兵衛の前に立ち、竹刀を構えた。功兵衛は正眼の構えを取り、弥生をじっと見た。

——ふむ、父親にはまったく似ておらぬのだな……。

先ほど若い門人もいっていたが、弥生の顔立ちは実に美しい。これほどの美形にもかかわらず加瀬津城下で評判にならないのは、やはり深窓の姫で、家中の者とはほとんど接しないからだろうか。

——さて、どうするか。

戦い方を決めなければならない。功兵衛としては道場破りに負けるわけにはいかず、かといって河田内膳の娘に怪我をさせるわけにもいかない。

——少し様子を見て、どういうふうにかたをつけるか、決めるとするか。

功兵衛が考えたとき、きえー、と甲高い声を発して弥生が突っ込んできた。見事な足さばきで、一瞬にして間合が詰まる。

弥生が上段から竹刀を落としてきた。短い竹刀だけあって、振りは予期していた以上に鋭い。

だが、功兵衛の目にはよく見えていた。すっと後ろに下がることで、竹刀をかわした。

竹刀が反転し、功兵衛の面を下から打とうとした。功兵衛は横に動くことでよけた。なおも弥生は攻めてくる。胴、小手、逆胴、面、胴、小手、面と竹刀を目まぐるしく振ってきた。

——この速さについていけぬ者は、いくらでもおろうな。

弥生は短い竹刀という利点を生かしている。しかも、かなりの鍛錬をこれまで積んできたのがわかる動きをしている。剣術が大好きという言葉に嘘はないようだ。

上段から迫ってきた弥生の竹刀を功兵衛は、がしん、と受け止めた。その拍子に、そういえば、と思い出した。戦国の昔に大量に打たれた安い刀は振りやすさを重んじ、かなり短いものが多いことを。

おそらく甲冑《かっちゅう》に身を固めた者を倒すのは、そのほうがやりやすかったのだろう。斬るのではなく、刀で叩《たた》いたり、突いたりしたのではなかろうか。

弥生の竹刀はそれと同じなのだ。速さと手数を本領にしているだけに、できるだけ疲れないようにするために、振りやすく工夫がしてあるにちがいない。

竹刀が短いためなのか、これまで弥生は突きを放ってきていない。もし弥生が突いてくるとしたら、よほど深く踏み込まない限り、功兵衛の体に竹刀は届きそうにない。

——突きは大技だ。外されたら、目も当てられぬ。

なおも弥生が攻勢に出て、素晴らしい速さで竹刀を振るってきた。どうやら気の強さがそのまま姿勢にあらわれているようで、攻め一辺倒である。

誰の教えなのか、とにかく竹刀を強く速く振ってくる。ときおり敏捷《びんしょう》な足さばきで、功兵衛の死角に入り込もうとする。

仮に弥生の姿が見えなくなったところで、あわてることなどないが、女だというのになかなか素晴らしい動きをするものだと、功兵衛は感服した。

剣とはもともと攻撃のためにあり、防御には向いていない。弥生のやり方は正しい。

弥生の戦いぶりを見ているうち、どうすればよいか、功兵衛はわかったような気がした。

——これまでの流れを引き継いで、弥生さまを疲れさせるのがよかろう。

いくら短く振りやすい竹刀を持っているからといって、弥生の体力にも限界があるはずだ。功兵衛はひたすら打ち込ませて、へたばるのを待つ策を取ることにした。

ただし、弥生が振ってくる竹刀をよけるようなことはせず、すべてきっちり弾《はじ》き返していった。

やがて功兵衛が竹刀を打ち返すたびに、弥生の腰が定まらず、ふらつくようになってきた。もう少しだな、と功兵衛は思い、そのときをじっと待った。

やがてひどく重く感じられるようになったか、弥生はまともに竹刀を振れなくなった。竹刀を正眼に構えるのも大儀なようだ。

頃合いと見た功兵衛は前に進み出た。

それを待っていたのか、疲れ切っているはずの弥生がいきなり深い踏み込みを見せた。右手一本で竹刀をまっすぐ伸ばしてくる。

取っておきだったのか、女とは思えぬ豪快な突きである。瞬時に、竹刀の切っ先が功兵衛の胸に当たりそうになった。

――もし弥生さまが疲れきっていなかったら、少しは俺を狼狽《ろうばい》させることができたかもしれぬな……。

功兵衛にはそんなことを考えるまでの余裕があった。弥生の突きには切れがほとんどなかった。

切れさえあれば、斬撃《ざんげき》や突きは見極めにくい。受ける側は、打ち返したり、受け止めたりができづらくなる。しかし、今の弥生の突きには速さだけしかなかった。

——他の者にはどうかわからぬが、残念ながら俺には通じぬ。

突きを竹刀ではねのけると、功兵衛はがら空きの弥生の面を、ぽん、と軽く打った。

ああ、と声を上げ、精根尽き果てたように弥生が床に倒れ込む。

「姫さまっ」

叫んで二人の供が駆け寄る。いきなり抱き起こすようなことはせず、案じ顔で弥生をじっと見ている。

「大丈夫でございますか」

それには答えず、顔を上げた弥生が功兵衛をきっと見据える。

「人の疲れを待つなどという卑怯《ひきょう》な手は使わず、正々堂々立ち合いなさい」

「わかりもうした」

弥生を見返して功兵衛は答えた。

「次は遠慮することなく、一撃で決めてみせましょう。弥生さま、一休みいたしますか。それとも、すぐにやりますか」

「やるに決まっています」

弥生が悔しげに唇を震わせたのが、面越しに見えた。素早く立ち上がって竹刀を握る。二人の供の者がはらはらと弥生を見ていた。

「下がっていなさい」

弥生が供の者を離れさせ、竹刀を正眼に構えた。功兵衛もそれに倣《なら》った。

だん、と音をさせて弥生が床を蹴《け》り、一気に突っ込んできた。一撃で勝負を決めるつもりだ。弥生が右腕だけで、またしても竹刀を突き出してきた。

功兵衛は少し遅れて踏み込み、突きを繰り出した。弥生の竹刀をかすめて、切っ先がぐんと伸びていく。

弥生の竹刀が功兵衛に届く前に、功兵衛の竹刀が弥生の面に当たった。がつっ、と鈍い音が立ったが、弥生が後ろに跳ね飛ばされるようなことはなかった。

弥生に怪我を負わせることがないよう、功兵衛は途中で竹刀の勢いを減じていたのだ。だいぶ手加減したとはいえ、それでも弥生の突きより遥《はる》かに速かった。

弥生が言葉を失い、棒立ちになっているのは、そのことを覚《さと》ったからだろう。

功兵衛のあまりの強さに、門人たちは声がない。弥生の供の二人も、その場に立ちすくんでいる。

——ちとやりすぎたか。

弥生という若くて美しい女性を相手にして、強さを見せつけたいとの思いが、心の何処かになかったとはいえないのではないか。

ふっ、と息を入れて功兵衛は竹刀を引いた。それで我に返ったように弥生が背筋を伸ばした。潤んだような目で、功兵衛を面越しに見つめてくる。

「腕がちがいすぎました……」

下を向き、弥生がぽつりといった。負けた悔しさからか、うっすらと涙を流しているようだ。

弥生にかけるべき言葉など思いつかず、功兵衛は道場の端に下がり、端座した。その場で面を外す。

足早に弥生がやってきて、功兵衛の横に座った。同じように面を取る。だいぶ汗をかいたらしく、横顔がしっとりと輝いて見えた。

二人の供の者がやってきて、弥生に手ぬぐいを差し出した。それを受け取った弥生が二人に命じる。

「少し離れていなさい」

はっ、と答えて二人が戸口のほうに行く。弥生が汗を拭《ふ》きはじめた。

「弥生さまは、これまで剣術の試合で後れを取ったことはなかったのですか」

小声で功兵衛は弥生にたずねた。汗を拭く手を止め、弥生が功兵衛に目を当ててくる。

「いえ、負けたことは何度もあります。しかし、ここまで力の差を見せつけられたことは初めてです」

弥生が少しうつむいたが、すぐに面を上げた。功兵衛を見る目がきらきらしていた。なんとも美しいな、と功兵衛は見とれた。

「あの、突きは功兵衛どのの得意技ですか」

おずおずと弥生がきいてきた。呼び方が、永見から名のほうに変わったことに功兵衛は気づいた。

「得意というほどでもありませぬ。だいたいどの技も同じように遣えますので……」

「私は突きを最も得手にしています」

「その竹刀でですか」

弥生の横に置かれた竹刀を功兵衛は見た。

「さようです。大技といわれる突きが決まったときが、私は最高にうれしいのです。それゆえ、これまで突きには磨きをかけてきたのです。しかし、功兵衛どのに私の突きはまったく通用しなかった……」

弥生が間を置かずに続ける。

「いつか功兵衛どのに勝てるよう、私はこれからも精進を続けます。いずれまた立ち合っていただけますか」

「もちろんです。そのときが楽しみでなりませぬ」

笑顔になって功兵衛は快諾した。

「私も楽しみです。——そろそろ帰らなければなりませぬ」

功兵衛は、引き止めたかったが、むろんそのようなことができるわけもない。

「あの、私が使ったのでよろしければ、汗を拭いてください」

功兵衛が手ぬぐいを使おうとしないのを忘れてきたのだと誤解したか、弥生が手ぬぐいを渡してきた。

「これはかたじけない」

低頭して受け取り、功兵衛は額にわずかに浮いた汗を拭《ぬぐ》った。

「これは洗濯して返します」

「いえ、差し上げます」

「さようですか。では、大事に使わせていただきます」

「そうしてくださると私もうれしく思います」

どこか名残惜しそうに弥生が立ち上がり、納戸に入った。供の二人が、また戸の前に立った。

戸が開き、弥生がすっかり身なりを変えて出てきた。戸口へ歩きはじめる。

弥生を見送るために、功兵衛も戸口に向かった。

「では、これで失礼いたします」

丁寧な口調でいい、弥生が腰を曲げた。

「功兵衛どの、手合わせいただき、まことにありがとうございました」

「それがしも楽しゅうございました」

「まことですか」

顔を輝かせて弥生がきく。

「まことでございます」

「ああ、うれしい」

功兵衛を見つめる目がどこかまぶしげで、弥生はことのほか美しく見えた。

惚《ほ》れてしまいそうだ、と功兵衛はどぎまぎした。ここで弥生と別れるのが寂しくてならなかった。

「姫さま、まいりましょう」

供の者にうながされて弥生が三和土《たたき》の草履を履き、外に出る。もう目を覚ましていた糸吉が目をみはって弥生を見ている。

功兵衛も道場の外に出た。朝顔の家紋が入った乗物に弥生が乗り込む。引戸を閉めず、しばらく功兵衛を見ていた。

功兵衛はいつまでも弥生の顔を見ていたかった。弥生が頭を下げ、意を決したように引戸を閉めた。弥生の顔が消えるや乗物が持ち上がり、しずしずと動き出した。

——ああ、行ってしまうか。

次はいつ会えるのか、と弥生からもらった手ぬぐいを握り締めて功兵衛は思った。祥恵の死後、こんな気持ちになったのは初めてのことだ。

五

明くる朝の五つ、功兵衛は普請方の詰所に出仕した。

「聞いたか、功兵衛」

挨拶《あいさつ》もそこそこに伴蔵が話しかけてきた。

「どうやら殿が側室をお迎えになるらしいぞ」

大名なら、側室が何人いてもおかしくはない。その中で跡継ぎを産む者が出てくるかもしれないのだ。

斉晴にはこれまで正室の志都しかおらず、側室を迎えるのは遅すぎるくらいではないか。

「どなたを迎えられるのです」

きいた途端、まさか、という思いが功兵衛の頭をよぎっていった。

「河田内膳さまのご息女だ」

やはりそうであったか、と功兵衛は胸が痛むのを覚えた。

「弥生さまですね」

「世の中のことに疎い功兵衛までご息女の御名を知っているとは、驚きだ」

「もう正式に決まったのですか」

「いや、まだらしいが、内膳さまは弥生さまを殿の側室にやりたかろうな」

もし弥生が斉晴の男子を産み、その子が竹坂家を継ぐことになれば、内膳は外戚《がいせき》として権勢をほしいままにできるからだ。

「しかし内膳さまは、今でも十分に権勢を振るっておられるではありませぬか」

「子供が新しいおもちゃを次々にほしがるのと同じで、権勢というものには際限がないのであろうよ」

そうかもしれぬな、と功兵衛は思った。昨日会ったばかりの美しい顔が脳裏に浮かぶ。

——そうか、あの威勢のよい娘は殿のものになるのか。

やはり弥生は別の世界に住む者でしかなかったのだ。それがたまたま昨日、功兵衛の住む世界にほんの束の間、足を踏み入れたに過ぎなかったのである。

——二人とも剣術がお好きだ。話も合うのであろうな。

襖《ふすま》が開き、普請方頭の井上忠吾が入ってきた。だがろくに挨拶もしないまま、功兵衛の前にまっすぐやってきた。

「永見、殿がお呼びだ」

いきなり忠吾にいわれ、功兵衛は戸惑った。

「そちらに使いの御小姓がいらしておる」

いま入ってきたばかりの襖を忠吾が指さす。

「御小姓が……」

「早く行くのだ」

忠吾に急《せ》かされ、功兵衛は立ち上がった。襖を開け、畳廊下に出る。

一人の侍が立っていた。歳は功兵衛と同じくらいか。功兵衛に辞儀してくる。

「永見どの、殿がすぐに来るようにとのことでございます」

「あの、ご用件は」

「永見っ」

功兵衛の後ろについてきた忠吾が叱りつけるようにいった。

「用件などきかずともよい。殿のお呼びなのだぞ。早く行くのだ」

「わかりました」

忠吾に向かって一礼してから、功兵衛は小姓とともに歩きはじめた。

連れていかれたのは本丸の中庭だった。

松の木陰に床几《しょうぎ》が置かれ、それに斉晴が腰かけていた。筆頭家老の河田内膳が隣にいた。二人は仲睦《なかむつ》まじそうに談笑していた。

驚いたことに、二人の陰に隠れるように弥生も床几に座っていた。

功兵衛の胸が高鳴り、急に雲でも踏んでいるかのような心持ちになった。

「来たな」

功兵衛を認めた斉晴が竹刀を手に床几から立ち上がった。襷掛《たすきが》けをし、股立《ももだち》を取り、鉢巻をしていた。まるでどこかに討ち入るような出《い》で立ちだ。

笑顔で功兵衛を出迎えた斉晴が、いきなり命じてきた。

「功兵衛、余と立ち合うのだ。拒むことは許さぬ」

あまりに急なことで、功兵衛は咄嗟《とっさ》に返事ができなかった。

「弥生と立ち合い、余とやらぬというのは、おかしいとは思わぬか」

確かにその通りだが、と功兵衛は思った。ここはもう腹を決めるしかなさそうだ。

「わかりました。お手合わせさせていただきます」

「それでよい」

ほくほくと笑顔になった。

「功兵衛、着物はそのままでよいか」

「はい、構いませぬ」

「では、これを使え」

斉晴が紐《ひも》を差し出してきた。受け取り、功兵衛は襷掛けをし、股立も取った。小姓が竹刀を渡してくる。

「あの、防具はよろしいのでございますか」

功兵衛は斉晴にたずねた。斉晴は面も胴も籠手《こて》もつけていない。

「いらぬ」

決して負けはせぬ、という自信が斉晴にはあるようだ。いくら功兵衛が強いといっても、後れを取るはずがないと考えているのだろう。

「功兵衛はいるか」

「いえ、いりませぬ」

功兵衛、と斉晴が声をかけてきた。

「寸止めもなしだ。承知か」

「承知いたしました」

腹を決めて功兵衛は答えた。

「功兵衛、ならば用意はよいか」

胸が躍ってならないという顔つきの斉晴にきかれ、功兵衛は深くうなずいた。

「はっ、大丈夫でございます」

「よし、やろう」

息を吸い込んだ功兵衛は丹田に、ぐっと力を込めた。どこか案じるような顔で、弥生が功兵衛をじっと見ていることに気づいた。

功兵衛は弥生に目を向けた。それとわかる程度に小さく笑んだ。弥生が笑い返してきた。

——ああ、なんとかわいい女性だ。

しかし、弥生は斉晴の側室になるのだ。恋い焦がれても、もはやどうにもならない。――あきらめるしかないのだ。もう弥生さまを見るな。目の前の勝負に専心するのだ。

功兵衛は裸足《はだし》になり、斉晴の前に進んだ。

「功兵衛、手加減は無用だ」

功兵衛をじっと見て、斉晴が釘《くぎ》を刺すようにいった。

「もし手加減したら、打首に処す」

まさか本当に首を打たれるとは思えなかったが、斉晴の覚悟のほどが知れ、功兵衛も気持ちが定まった。

――本気でやるしかあるまい。

床几に座ったままの河田内膳は、わざと負けるのだ、というような目つきで功兵衛をにらみつけてきている。

剣術指南役の跡部勢兵衛《あとべせへえ》が審判役を務めるようだ。三本勝負だと功兵衛に伝えてきた。

「承知いたしました」

功兵衛は少し下がり、竹刀を構えた。斉晴も同様の姿勢を取る。

「はじめ」

勢兵衛が鋭くいい、手をさっと振った。

「行くぞっ」

叫ぶや地面を蹴《け》り、斉晴が突っ込んできた。昨日の弥生とまったく同じだ。

斉晴が上段から竹刀を落としてきた。さすがに弥生の振り下ろしよりも速いが、功兵衛を驚かせるほどのものではない。

功兵衛はたやすく斉晴の竹刀を弾《はじ》き上げた。斉晴の両腕が軽々と上がり、腹に大きな隙ができた。

踏み込み、功兵衛は胴に竹刀を振っていった。びしっ、と音が立ち、その衝撃で斉晴がどたりと尻餅《しりもち》をついた。

誰もがあっけにとられている。その中でも勢兵衛が、信じられぬという表情をしていた。自分が歯が立たない斉晴を、功兵衛がただの一撃で倒したのである。一本、という声を出し忘れているようだ。

一人だけ、当たり前だという顔をしている者がいた。弥生である。

「一本」

ようやく勢兵衛が宣した。

苦悶《くもん》の顔つきで腹を押さえていたが、斉晴が全身に力を入れて立ち上がった。

「まだまだ」

斉晴が竹刀を正眼に構えた。功兵衛も同じ構えを取った。

――よし、決めてやる。

功兵衛は、すす、と前に動いた。斉晴を間合に入れるや、竹刀を振り下ろした。

斉晴が必死の表情でそれをかわしにかかる。功兵衛は竹刀の軌道を変化させ、逆胴に打っていった。決まったと思えたが、斉晴がぎりぎりで受け止めた。功兵衛はすぐさま横面を狙った。これも斉晴が弾き返す。

――なかなかやる。

功兵衛は足を使いはじめた。案の定、斉晴は功兵衛の動きにほとんどついていけない。

斉晴の死角に入り込み、功兵衛は次々と竹刀を振るっていった。勘のよさだけで、斉晴は功兵衛の攻撃をなんとか防ぎ続けた。

――よし、もう十分だろう。

斉晴は、おのれの面目が立つ程度の時間はがんばったはずだ。功兵衛に振り回され、足元がおぼつかなくなっている。

一瞬の動きで功兵衛は斉晴の背後に出た。功兵衛を見失った斉晴が周章している。はっとしてこちらを向こうとした。功兵衛は斉晴の額に竹刀を入れようとした。衝撃はかなり強くなるが、額なら少々のことでは大事ない。

だが、斉晴が竹刀をよけようとして首を横に傾けた。そのために、竹刀が耳に当たった。

あっ、と功兵衛は声を出した。ううっ、とうめいて斉晴が顔を歪《ゆが》める。功兵衛は大丈夫でございますか、と声をかけそうになった。

それを隙と見たか、斉晴が竹刀を胴に振ってきた。功兵衛は竹刀でそれを叩《たた》き落とした。

ばしん、と斉晴の竹刀が地面を叩いたが、すぐに鎌首をもたげるように上がってきた。同時に斉晴が突きを繰り出してくる。

姿勢を低くするや功兵衛も突きを斉晴に見舞っていった。瞬速の突きである。どん、と激しい音が立ち、斉晴が後ろに吹っ飛んだ。背中から地面に倒れ込んでいった。土煙がもうもうと上がる。

それを見て功兵衛は、あっ、と再び声を上げた。

斉晴は弥生を我が物にする男だ。手加減などいらなかろう、と思ったのは事実だが、これはいくらなんでもやりすぎだろう。

——まずい。

我に返った功兵衛の脳裏を、切腹という文字がよぎった。

「殿っ」

あわてて内膳が斉晴のもとに駆けつける。

「御典医を呼べ」

「いらぬ」

胸を押さえつつ斉晴が上体を起こした。

「まことでございますか」

気がかりそうに内膳がきく。

「ああ、まことだ。胸はずきずきと痛んでおるが、余は清々《すがすが》しい気分だ」

斉晴は確かに晴れやかな顔をしているように見えた。

「功兵衛」

斉晴が手招いてきた。はっ、と答え、功兵衛は近づき、地面に端座した。

「余の望み通り、本気を出してくれたな」

「殿があまりに手強《てごわ》いもので、つい」

「それでよい。ここまで手ひどく負けたのは初めてだ。よくやってくれた。どれ、功兵衛、手を貸してくれ」

片膝《かたひざ》立ちになり、功兵衛は右手を差し出した。それを握り、斉晴が立ち上がった。

今日も温かな手をしていた。

「功兵衛、そなたの剣は実にまっすぐだ」

さわやかさを感じさせる声で斉晴がいった。

「はっ、これまで命を懸けてまいりました」

「ところで功兵衛」

斉晴が慈愛に満ちた目で功兵衛を見下ろしてきた。

「そなたは今の役目に満足しておるか」

唐突にきかれたが、功兵衛はためらいなく答えた。

「もちろんでございます」

「そうであるか……」

瞬《まばた》きのない目で功兵衛を見つめていたが、斉晴が深くうなずいてみせた。

「いずれよいことがあるかもしれぬ。楽しみにしておれ」

眼前から斉晴が去っていった。内膳や小姓たちがそれに続く。名残惜しげにしていたが、内膳に促され、弥生も立ち去った。

そのあいだ功兵衛は必死に弥生に目を向けないようにしていた。

——高嶺《たかね》の花なのだ……。

功兵衛をここまで案内してきた小姓だけが一人、その場に残っていた。

立ち上がった功兵衛は小姓に挨拶《あいさつ》をして、詰所に戻りはじめた。表御殿の玄関の前で襷掛《たすきが》けを取り、股立《ももだち》も外した。

「よいこととはなんだろう」

畳廊下を歩きつつ功兵衛は口に出していってみた。褒美でももらえるのだろうか。それとも、普請役を解かれ、別の役目につくことになるのだろうか。

斉晴がよいことといった以上、よいことなのだ。弥生のことはきっぱりと忘れ、功兵衛はそれをひたすら楽しみにすることにした。

第二章

一

明くる朝、いつものように起き出した功兵衛は糸吉と一緒に朝餉《あさげ》をとった。昨日の斉晴との勝負の話などをしながら、じき食事を終えようとしたとき来客があった。箸《はし》を置いた糸吉が腰を上げ、応対に出る。

すぐそばの玄関でのやり取りということもあり、誰が来たのか功兵衛にも知れた。叔父《おじ》五左衛門の水巻家からの使者である。

使者が驚くべきことを糸吉に告げたのが耳に届き、なにっ、と功兵衛は腰を浮かせた。そのままの勢いで立ち上がって茶の間を出、式台に立つ。

土間にいた糸吉が、功兵衛に遠慮して横にどいた。功兵衛の目の前にいるのは、五左衛門の若党を務める若者だ。

「今のは、まことのことか」

功兵衛が強い口調で質《ただ》すと、はっ、と若党が畏《おそ》れ入ったように首肯した。

「我が殿は昨晩、自死なされました。まことのことでございます」

むう、とうなった功兵衛は茶の間に戻って素早く身支度をととのえた。両刀を腰に差し、屋敷を出る。足を止め、糸吉に命じた。

「おまえは戸締まりをしてから来い」

功兵衛は若党とともに道を走り出した。水巻屋敷は、南に七町ほど離れた原陣町《はらじんまち》にある。

——嘘だろう、嘘であってくれ。

願いながら功兵衛は駆けた。たった七町だというのに、今日はずいぶん遠く感じられた。なかなか原陣町が見えてこない。

——昨日、叔父上は屈託のありそうなお顔をされていたが、それは自死を考えていらっしゃったゆえなのか。

しかしどんなことがあろうと、死ぬことはない、と功兵衛は強く思った。生きてさえいれば、解決の手立てはきっと見つかったはずなのだ。

——なにかのまちがいではないか。叔父上は自ら命を絶たれるようなお方ではない。なにがあろうと、あの世に逃げられるような人ではない。

原陣町に着いた頃には、功兵衛は息も絶え絶えになっていた。こんなにへばってしまうことなど滅多になかったが、今はそのことを気にしている場合ではない。

若党に案内されて、水巻家の木戸門から屋敷内に入った。

布団が敷かれた奥の座敷に通されたが、鉄気《かなけ》くささが充満していることに気づき、顔をしかめそうになった。

——これは叔父上が流された血のにおいか。

そうとしか考えられない。

——叔父上はこの座敷で……。

白い布を顔にかけられて、布団に一人の男が横たわっていた。叔父上なのだな、と功兵衛はぼんやりと思った。なにかうつつのこととは思えない。

——実は夢でも見ているのではないか。だったら早く目覚めたいものだが……。

「功兵衛どの」

枕元に座していた女が顔を上げ、切なそうな声で呼びかけてきた。五左衛門の妻の節代である。涙をだいぶ流したらしく、ひどく腫《は》れぼったい目をしていた。

その声で功兵衛は我に返った。やはりこれは現実のことなのだ。もう五左衛門の死を認めるしかないのだろう。

「叔母《おば》さま」

息をととのえつつ功兵衛は節代の隣に座り、白い布をじっと見た。

——この下に叔父上の顔が……。

「どうぞ、お顔を見て上げてください」

節代にいわれて、功兵衛は白い布をそっとめくった。

目を閉じた五左衛門の顔があらわれた。かなり血を流したようで、まるで蠟《ろう》でかためたかのように白かった。

——ああ、本当に亡くなってしまったのだな……。

五左衛門の死が、実感として胸に迫ってきた。心の中で悲しみがふくれ上がり、まぶたの堰《せき》を破って涙が流れ出した。

取り乱したくないとの思いがあったが、ついに我慢しきれず、功兵衛は五左衛門にすがりついて泣きはじめた。寒風に長くさらされていたかのように、遺骸《いがい》は冷えきっていた。

——昨日はあんなに元気だったのに……。

五左衛門は、功兵衛に負けたことをひどく悔しがっていた。あれが最後の勝負になるのなら、勝たせてやればよかった。笑顔にさせてやればよかった。

──もっともっと、ともに竹刀を交えたかった……。

もう二度と五左衛門と剣の稽古《けいこ》ができないということが、信じられなかった。

──叔父上、なにゆえ自死など……。残される者の気持ちはどうでもよかったのですか。

功兵衛は遺骸を揺さぶり、叫びたかった。

──頼むから生き返ってください。

だが、五左衛門はなにも答えない。

どのくらい五左衛門の遺骸に覆いかぶさっていたか、ようやく気持ちが落ち着いてきた。五左衛門から静かに離れ、功兵衛は座り直した。節代に頭を下げる。

「申し訳ありませぬ。見苦しいところをお見せしてしまい……」

「いえ、そのようなことはございませぬ。功兵衛どののように悲しみを露《あら》わにしてくださるほうが、五左衛門も喜びましょう」

ううぅ、と不意に下を向き、手で口を覆って節代が嗚咽《おえつ》を漏らした。手拭《てふ》きで、しきりに涙をぬぐう。

かわいそうに、と思いながら功兵衛は五左衛門の顔に再び目を向けた。じっと見ているうちに、おや、と思った。

五左衛門の顔に違和感がある。安らかな表情をしているようには、とても見えなかったからだ。

死を選ぶことで今世の煩わしさから解き放たれたのであれば、どこか穏やかさが垣間《かいま》見えていなければおかしいのではないか。どちらかといえば、五左衛門の顔は鬱憤《うっぷん》が溜《た》まっているのではないかとすら思える。

これまで数多くの死骸の顔を見ているわけではないが、病で苦しみながら死んだ者でさえ、最期を迎えたときは、仏といえる顔つきをしていたような気がする。

――憤懣《ふんまん》やる方ないという死顔を見るのは、初めてだ……。

五左衛門の顔を見つめているうち、下唇に血らしきものがついているのに気づいた。

――なにゆえこんなところに血が……。

五左衛門の口がかすかに開いている。前歯にも血がついているのが知れた。

――腹に短刀を突き立てた際、あまりの痛みに唇を嚙《か》み締めたのか……。

「あの、叔母さま」

横に座る節代に目を当て、功兵衛は問いかけた。

「酷なことをうかがいますが、叔父上《おじ》はどのような亡くなり方をされていたのですか」

一瞬、顔を苦しげに歪《ゆが》めた節代が気丈に説明をはじめる。

「この部屋には、浅葱色《あさぎいろ》の布が敷かれておりました。五左衛門は白装束に身を包んでいました。腹を切ったあと喉《のど》を突いたようで、浅葱色の布は血で一杯に染まっておりました。紙を巻いた短刀がその場に残されていました」

言葉に詰まりかけたが、節代が続ける。

「五左衛門は急いで果てたように見えました」

「なにゆえそう見えたのですか」

「切腹の作法を、ほとんど守っていなかったからです」

切腹するにはいろいろ作法があることを、功兵衛も知っている。

「とおっしゃいますと」

「まず五左衛門は裃《かみしも》を着用していませんでした。髷《まげ》もいつものままで、逆にしてありませんでした。また、三方もありませんでした」

三方は短刀を置くのに使われる。さらに尻《しり》に敷いて前かがみの体勢をつくるのに用いられる。

これは介錯人《かいしやくにん》に首を落としやすくするためであるが、五左衛門は一人で死んだのだから、尻に敷く必要はない。

――叔父上が作法通りにされなかったゆえに、急いで果てたように見えたわけか。なにゆえ五左衛門は死に急いだのか。死のうとするところを、節代に止められたくなかったからか。

「あの、叔母さま、いいにくいことなのですが――」

功兵衛の言葉を遮るように、節代がすぐさま口を開いた。

「功兵衛どのが、おききになりたいことはよくわかっております。一緒に暮らしていて五左衛門が切腹したことに気づかなかったのですか、ということでございますね」

さようです、と功兵衛は認めた。苦しげな顔になったが、節代が語りはじめた。

「深夜に五左衛門が寝床を抜け出したのはわかっていました。私は、厠《かわや》に行ったのだとばかり思っておりました。ここ二、三日、深夜に厠に立つことがあったものですから」

「普段は、深夜に厠へ行くことはなかったのですか」

「ほとんどありませんでした。きっと、滅多に口にせぬお酒のせいでございましょう。お酒を飲むと、厠が近くなると聞いておりますので……」

功兵衛は酒を飲めない質《たち》なので、そのあたりのことはよくわからない。だが、五左衛門が酒を飲むようになったというのは、気にかかる。

体に悪いらしいゆえ飲めぬのならそのほうがよかろう、と五左衛門は前に功兵衛にいっていたのだ。

——その本人が飲むようになったとは……。

なにかよほどのことがあったのではないか。

「叔父上が酒を飲んだのは、なにか悩み事があったゆえですか」

「お役目のことで、悩んでいたのかもしれませぬ」

「なにがあったのでしょうか」

「よくわかりませぬ」

力のない表情で節代が首を横に振る。

「ただ、お目付という仕事が激務であるのは十分承知しておりますが、そのために五左衛門が心を減耗《げんこう》させたのではないと存じます」

耐え難いほど忙しい務めのせいで精神を磨《す》り減らしたのではないと、節代はいっている。

「なにゆえそういえるのですか」

「五左衛門は、目付というお役目が大好きでございました。悪事を暴き、正義を貫くことに、生き甲斐《がい》を感じておりました。私と一緒になって十五年、五左衛門はいつも生き生きと働いておりました」

手を伸ばし、節代が愛《いと》おしそうに五左衛門の頬をなでた。

「その五左衛門が、お役目が忙しいからという理由《わけ》で命を絶つはずがないのです。仕事に真剣に勤《いそ》しむ五左衛門のことを私が誇りに思っていたことも、よく知っていたはずです」

胸を張って節代がいった。そうであったか、と功兵衛は感動を覚えた。夫婦仲は悪くないどころか、よかったのだ。

「しかし、お役目の上で叔父上にはなにか悩みがあったと、叔母《おば》さまは考えていらっしゃるのですね」

「さようです」

功兵衛の言葉に節代が同意を示す。

「普段の五左衛門らしくなく、ずばりと判断を下せず、なにか迷っているように見えました。悶々《もんもん》として、なかなか寝つけなかったようでもありました」

だから酒に頼ったのだな、と功兵衛は納得した。

「どのようなことで悩んでいるか、叔父上は話さなかったのですね」

「話しませんでした」

少し悔しそうに節代がうなずいた。

「私を信用していなかったからではなく、役目柄、口外できなかったのだと存じます」

五左衛門はとにかく口が堅かった。仕事で得た秘密や内緒事について人に話したり、漏らしたりしたことなど、一度もなかったのではあるまいか。

ところで、と功兵衛は新たな問いを投げた。

「叔母さまは、叔父上が亡くなったことにいつ気づいたのですか」

「この明け方です」

一度、目を閉じてから節代が話を続ける。

「五左衛門が寝床を抜け出してからなにやら胸騒ぎがして、私の眠りは浅かったのですが、そのままうつらうつらしておりました。不意に叫び声が聞こえたような気がし、起き上がりました。寝床に五左衛門は戻っていませんでした。私は寝所を出、五左衛門を捜しに行きました。そして、ここで事切れている五左衛門を見つけたのです」

さようでしたか、と功兵衛はいった。

「さぞお辛《つら》かったでしょう」

はい、と節代がほっそりとした顎《あご》を引いた。

「私のせいで五左衛門は自ら命を断ったのではないかと思いました」

「叔母さまのせいですか……」

「私に子ができなかったからです」

悲しげな顔で節代が告げた。

「五左衛門は、家を継がせるには養子をもらえばよいといっておりましたが、本心は血のつながった実の男子がほしかったと思います」

「そういう気持ちがあったかもしれませぬが、そのようなことで、叔父上が自死されるようなことはありませぬ」

「それは私にもわかっております」

節代が泣き笑いのような顔になる。

「五左衛門の骸《むくろ》を目の当たりにして、気持ちがひどく揺さぶられ、そんなことを考えてしまったのではないかと……」

愛する人の死を前にしたらそういうこともあるかもしれぬ、と功兵衛は思った。

功兵衛も、俺のせいで妻が死んだ、と考えたことを思い出した。仕事が忙しくなり、あまり祥恵の相手をしてやれないことが続いた時期がある。

いくら忙しかろうが、仕事などさっさと終わらせて屋敷に帰り、もっと祥恵の相手をしてやれば、気持ちも晴れて病にかかることなどなかったのではないか。そんなことを祥恵の死後、考えたことがある。

また、豊かな暮らしを送らせてやれなかったせいで祥恵が病にかかり、ろくな治療も受けさせてやれず、死んでしまったのではないか、と自分を責めたこともあった。

金さえあれば、もっとよい医者に診てもらえたかもしれぬと今でも思う。

——今さらいっても詮《せん》ないことだが……。

功兵衛どの、と節代が意を決したような声で呼びかけてきた。

「これから葬儀の支度に取りかからなければなりませぬ」

「大変でしょう。それがしもできる限りのお手伝いをいたします」

膝《ひざ》を進め、功兵衛は力添えを申し出た。

「助かります。私一人ではなにもできぬものですから……」

節代が功兵衛に向かって頭を下げたとき、水巻屋敷を訪ねてきた者があった。

応対に出た五左衛門の家臣が座敷にやってきて、誰が来たかを節代に伝えた。目付頭の織尾《おりお》紋之丞《もんのじょう》に五左衛門の同僚五人である。

「ああ、上がっていただいてください」

承知いたしました、と家臣が去り、すぐに六人の目つきのよくない侍を連れてきた。六人とも沈痛そうな顔つきをしている。

最初に座敷に入ってきたのが紋之丞であろう。歳は五十前後ではないか。暗い雰囲気を身にまとっており、いかにも目付頭という感じだ。剣術の腕も、なかなかのもののように思えた。

六人が音もなく畳に座る。両手をつき、節代が六人に挨拶《あいさつ》した。

この六人の侍とは初対面であり、功兵衛は名と身分を告げた。六人が名乗り返してくる。

「ほう、おぬしが永見どのか」

鋭い目で紋之丞が功兵衛を見てきた。

「詰所での殿とのやり取りは聞いている。遣い手らしいな」

「いえ、さほどのことはありませぬ」

「永見どの、謙遜《けんそん》は美徳ではないぞ」

なんと答えればよいかわからず、功兵衛は黙っていた。

功兵衛から興を失ったらしく、紋之丞が節代のほうを向いた。

「ご内儀、いったいなにがあったのでござろうか」

紋之丞がさっそく節代に問い質《ただ》しはじめた。紋之丞たちが来て、居心地がよくなくなった。功兵衛は五左衛門に心で別れを告げてからその場を離れた。

玄関から外に出ると、さわやかな風が吹いており、少しだけ気分が晴れた。桜の木も、ちらほらと目に入る。

そこに糸吉がやってきた。よほど急いだのか、ぜいぜいと息を切らしている。

功兵衛は糸吉の呼吸が静まるのを待った。

「糸吉、もう大丈夫か」

「はい、だいぶ落ち着きましてございます」

ならば、と功兵衛はいった。

「今からお城に行き、普請方の頭の井上さまにお目にかかるのだ。永見は叔父《おじ》上が亡くなったゆえ本日はお休みをいただきます、と伝えてくれ」

「承知いたしました」

「では、行ってくれ」

はい、と答えて糸吉が走り出した。その後ろ姿を功兵衛は見送った。

二

五左衛門の死の翌日に葬儀は水巻家の菩提寺《ぼだいじ》である託等寺《たくとうじ》でしめやかに執り行われた。

住職の読経ののち五左衛門は荼毘《だび》に付された。煙となって天に昇っていく姿が見えたような気がして、功兵衛は涙が止まらなかった。

それでも、葬儀の明くる日には城にいつものように出仕した。五左衛門を失った悲しみは当分、癒《い》えることはないだろうが、叔父の死を乗り越えて日常を取り戻さなければならない。

「水巻どのは残念だった」

「掛け替えのない人物を失ってしまったな」

「気を落とさぬようにするのだ」

出仕するやいなや同僚の伴蔵や大五郎をはじめ、頭の忠吾までが悔やみの言葉をいってくれた。功兵衛はその優しさが身にしみ、また涙が出てきた。

その後、いつもと変わらず仕事に勤《いそ》しんだ。仕事をしているあいだは五左衛門のことをあまり考えずに済み、むしろありがたかった。

――叔父上を亡くしたばかりだというのに、ここまで仕事に熱を入れられる俺は冷たいのだろうか……。

夕刻前の七つ刻《どき》に、何事もなく仕事が終わった。

「功兵衛、これから飲みに行かぬか」

功兵衛の沈んだ気持ちを少しでも晴らそうというのだろう、伴蔵が誘ってきた。

「おぬしは下戸ゆえ、なにか食事やつまみを食しておればよい。酒のほかにも、うまいものはいくらでもあるゆえ」

「せっかくお誘いいただいて、申し訳ないのでございますが……」

丁重に功兵衛は断った。

「さすがに疲れが抜けておりませぬ。今日はおとなしく屋敷に帰ることにいたします」

「ああ、そうか。仕方ないな」

伴蔵は気を悪くした風でもなかった。

「功兵衛、たっぷりと休んでくれ」

「かたじけなく存じます」

伴蔵や大五郎たちは、居酒屋や料亭などが軒を連ねる紫琴町《しきんちょう》に繰り出すつもりのようだ。

伴蔵たちに別れを告げた功兵衛は、表御殿の玄関の外で待っていた糸吉とともに屋敷を目指した。今日は肌寒く、季節が半月ばかり逆戻りしたかのようだ。

三分咲きの桜の花びらが冷たい風に吹かれて、はらはらと落ちてくる。

あと七、八日ばかりで桜は満開を迎えるはずだ。

──花盛りの桜を目の当たりにすれば、叔父上も気持ちが変わったかもしれぬな……。

だが、今さらいっても詮ないことだ。五左衛門はもうこの世にいないのだ。悲しいことは悲しいのだが、葬儀を終えたことで、なんとなく功兵衛の中で一つの区切りがついたような気がしている。

──叔母《おば》さまは、これからどうされるつもりなのだろう。

節代は水巻家の実の娘であるが、両親はともに鬼籍に入っている。兄弟姉妹もない。文字通り、この世に一人きりになってしまったのだ。

──俺が、それとなく叔母さまの様子を見てやらねばならぬな。俺にとっても数少ない縁者だ。

そんなことを考えつつ功兵衛は屋敷に帰り着いた。まだ六つにはかなり間があり、あたりは十分に明るい。

——今から夕餉《ゆうげ》の支度に取りかかれば、灯《あか》りは要らぬな。

手早く着替えを終えた功兵衛は台所に向かった。朝に炊いた飯があり、それで雑炊でもつくるか、と思案した。鍋《なべ》に飯と水を入れ、竈《かまど》に火を入れようとした。

そこに来客があり、糸吉が応対に出た。功兵衛は客とのやり取りを聞いた。しかし客の声は小さく、誰が来たのかわからなかった。

——女のようだが……。

まさか弥生さまではないか、と功兵衛は期待を抱いたが、台所にやってきた糸吉が告げたのは別の女性だった。

「水巻さまの御内儀《ごないぎ》がいらっしゃいました」

「叔母さまが……」

先ほど考えていた女性がやってきたことに、功兵衛は軽い驚きを覚えた。すぐさま玄関に出て、頭巾《ずきん》を被《かぶ》っている節代と対面した。

「これは叔母さま。よくいらしてくださいました」

「いえ、急にお訪ねして、申し訳ありませぬ。ご迷惑ではありませぬか」

「そんなことがあるはずございませぬ。汚いところですが、お上がりください」

はい、と節代が素直にうなずき、草履を脱いだ。節代は思い詰めたような顔をしていた。なにかあったのだろうか、と気になりつつ功兵衛は奥の座敷に案内した。功兵衛が出した座布団の上に、節代が端座する。座布団なしで畳に座った功兵衛は、糸吉に茶を持ってくるように命じた。

「いえ、どうか、お構いなく」

「そういうわけにはまいりませぬ」

いいながら功兵衛は、頭巾を取った節代を見つめた。

「叔母さま、なにかございましたか」

功兵衛はさっそく水を向けた。

「それが……」

うつむき、節代がいいにくそうにした。無理に聞き出そうという気はなく、功兵衛はじっと待った。

よほど口に出すのが憚《はばか》られるのか、節代はなかなか話し出そうとしない。

――いったいなにがあったのだろう。

そこへ、失礼いたします、と糸吉が茶を持ってやってきた。

「粗茶でございます」

湯飲みがのった茶托《ちゃたく》を節代と功兵衛の前にそれぞれ置いて、座敷を去っていった。

「どうぞ、お召し上がりください」

笑みを浮かべて功兵衛は節代に茶を勧めた。

「はい、ありがとうございます」

喉《のど》が乾いているのか、節代が湯飲みに手を伸ばす。功兵衛はすかさず付け加えた。

「おいしいとはいえぬ茶ですが……」

節代が少し茶をすする。それで緊張がほぐれたか、小さく笑った。

「うちも、お茶はよいものを飲まなかったのですよ。五左衛門が、おいしい茶など贅沢《ぜいたく》だ、と許してくれなかったものですから」

「それがしはうまい茶を飲みたくてたまらなくなることがありますが、叔父《おじ》上はそんなことはなかったのでしょうか」

「飲みたいと思ったことはあったでしょうが、素振りにも出しませんでした」

「さすがに叔父上だ」

功兵衛が褒めると、まことに、と節代が受けた。

「そのような贅沢をしていると、賂《まいない》を受け取っているのでは、と勘繰る者が必ず出てくるゆえ、禄《ろく》や身分に釣り合わぬことをしてはならぬ、と五左衛門は自らを戒めるように常にいっておりました」

「ああ、そういうわけでしたか」

功兵衛は合点がいった。

「いかにも叔父上らしい」

功兵衛が笑顔になると、節代も切なげに微笑んだ。すぐに表情を引き締める。

「功兵衛どの」

節代がやや鋭さを感じさせる声で呼びかけてきた。はい、と功兵衛は居住まいを正した。

「実は、そんな正義の心あふれる五左衛門が、辱められるような仕儀になったのです」

悔しさをこらえるように節代が歯を食いしばる。意外な事の成り行きに、功兵衛は身を乗り出した。

「どういうことでしょう」

涙をこらえるような表情をしたあと、節代が口を開いた。

「今日の昼前、屋敷にお目付頭の織尾さまが他のお目付を引き連れてやってまいりました」

はい、と功兵衛は相槌《あいづち》を打ち、それで、と先を促した。

「織尾さまたちは、いきなり家捜しをはじめたのでございます」

「家捜しですと。それは、いったいなんのためでしょう」

目をみはって功兵衛はたずねた。

「十日ほど前に、城下の鷹野屋という廻船問屋《かいせんどんや》が押し込みに遭い、四千両もの大金を奪われた一件を、功兵衛どのはご存じですか」

「存じております。目付衆の働きにより、賊どもは捕まったと聞いております」

功兵衛をじっと見て節代が深くうなずく。

「鷹野屋の人たちが皆殺しにされたことで、押し込みが奪った四千両は、鷹野屋が再興されるかどうかはっきりするまで、主家の金蔵に納められるそうなのですが、三百両ほど足りぬことが明らかになったらしいのです」

「なんと」

すぐに、もしや、と功兵衛は覚《さと》った。

「家捜しがあったということは、その三百両をくすねたのが叔父上だと疑われたというわけですね」

「さようにございます」

腹立たしげに節代が体を震わせた。

「五左衛門はそんな猫糞《ねこばば》ごとき振る舞いから最も離れている人物だというのに、なにゆえそのような疑いをかけられねばならぬのか……」

身悶《みもだ》えするように節代がいった。叔母《おば》さま、と功兵衛は呼びかけた。

「家捜しを受けて、どうなりました」

「それが……」

目に涙をためて節代が功兵衛を見る。

「信じられぬことに、うちから三百両が見つかったのです」

「なんですって」

功兵衛は心の底から驚いた。だからといって、五左衛門が三百両を我が物にしようとしたなど、一片たりとも思わなかった。五左衛門に対する信頼は、どんなことがあろうと決して揺らぐことはない。

――叔父上がそんな卑しい真似をするはずがないのだ。

それにもかかわらず、屋敷から三百両が見つかった。これはどういうことなのか。

「このままでは、水巻家はお取り潰《つぶ》しになってしまいます」

その通りだな、と功兵衛は思った。沈思ののち一つの結論を得た。

「これは、まちがいなく罠《わな》です」

節代を凝視して功兵衛は断じた。

「罠を仕掛けた者にはなんらかの狙いがあって、叔父上に汚名を着せようとしているのでしょう」

そういうことですか、と節代がいった。功兵衛は自らの考えを述べはじめた。

「おそらく叔父上の同僚の誰かが、三百両をくすねたにちがいありませぬ。叔父上はその事実を知り、その同僚を摘発するかどうか、悩まれていたのでしょう」

「その罪を、死んだ五左衛門になすりつけるために、その誰かが三百両をうちに持ち込んだのですね」

「それをやれたのは、叔父上が自死した日しかありませぬ」

「一昨日《おととい》の朝、六人のお目付が見えたときですね」

さようです、と功兵衛は首肯した。すぐに、もしや、と気づいた。

「叔母さま。叔父上は自死ではないのかもしれませぬ」

節代は、功兵衛がなんといったのか、わからなかったような顔をした。功兵衛は同じ言葉を繰り返した。

「ええっ」

のけぞるように節代が驚く。

「それはどういうことです」

すぐには答えずに功兵衛は深く息を吸い込み、頭の中を整理した。

「金をくすねた何者かは、三百両を盗んだ良心の呵責《かしやく》から叔父上が自死を選んだという筋書にしようとしているのでしょうが、無実の叔父上に死なねばならぬわけなど、あるはずがありませぬ」

「さようにございますね」

手を伸ばし、功兵衛は茶を喫した。相変わらずうまいとはいえないが、頭を働かせるのには、ちょうどよい苦さである。

「鷹野屋を襲った押し込みどもを捕縛したのち叔父上は、奪われた四千両が三百両ばかり少ないことに気づいた。同僚の誰かがくすねたのは明らかで、叔父上はどうするべきか迷った。しかし、その迷いこそが、叔父上の命取りになってしまった。

そういうことなのではないでしょうか」

「命取り……。では功兵衛どのは、五左衛門が殺されたとおっしゃるのですか」

信じられぬという思いを露《あら》わに、節代がきいてきた。

「おそらくそういうことだと思います。もしあと一日でも早く摘発を行っていたら、叔父上は死なずに済んだのではないかと……」

　でも、と節代が抗弁するようにいった。

「深夜の屋敷内で、五左衛門を自死に見せかけて亡き者にするという真似が、果たして目付にできましょうか」

　当然の問いを節代が発した。

「叔父上は、自死に見せかけて殺すという技に長《た》けた者に、殺《や》られたのかもしれませぬ」

「えっ、そのような者がいるのですか。それはいったい何者ですか」

「殺し屋と呼ばれる者かもしれませぬ」

　功兵衛を見つめて節代が息をのむ。

「噂話に聞いたことはありますが、まことにこの世に存在するものなのですか」

「報酬と引き換えに、自分と関わりのない人を殺す者は本当にいるようです」

　動ずることなく平然と人を殺せる者である。

「そうなのですか。なんと恐ろしい……」

　節代が怖気《おぞけ》を震うような仕草を見せた。

「おそらく賊はあの晩、お屋敷に忍び込み、叔父上を殺害する機会をじっとうかがっていたのでしょう。叔父上が厠《かわや》に起きたときを狙って気絶させ、奥の座敷に連れていったのではないでしょうか」

言葉を切り、功兵衛はまた茶を飲んだ。

「叔父上は剣の遣い手でしたが、そのときは少し寝ぼけていたのでありましょう」

「それゆえ、あっさりと気絶させられてしまったのですね」

はい、と功兵衛は肯《がえ》んじた。

「賊の腕もよいということなのでしょうが。賊は屋敷に持ち込んでいた浅葱色《あさぎいろ》の布を敷き、叔父上をその上に座らせた。その上で喉《のど》を突いて殺したのでしょう」

五左衛門の無念の思いが、たった今、功兵衛の心に届いたような気がした。

――だからこそ、叔父上は憤怒《ふんぬ》の思いを露わにした死顔をされていたのではないだろうか……。

「叔父上は喉に短刀を突き立てられたそのとき、声にならぬ声を上げたのかもしれませぬ」

ああ、と節代が叫ぶようにいった。

「私が聞いたように思った声は、そのときのものだったのですね」

「おそらくは……」

功兵衛は顎《あご》を上下に振った。

「叔父上の息の根を止めたのち、賊は叔父上が自ら腹をかっさばいたかのように見せかけたにちがいありませぬ」

「それだからこそ、切腹の作法にそぐわぬことばかりだったのですね。いま思えば、座敷に残されていた短刀も、私には見覚えがないものでした。五左衛門のものだとばかり思っていましたが……」

「短刀も、賊が持ち込んだものに相違ないでしょう。得物を持ち込まぬと、わざわざ叔父上の部屋まで短刀を取りに行かねばならなくなります」

「確かに……」

唇を嚙《か》んでしばらく下を向いていたが、節代がつと面を上げた。

「では、その殺し屋を捕らえれば、五左衛門の汚名をそそぐことができるのですね」

「できましょう」

功兵衛は確信のある声音でいった。

「功兵衛どの、殺し屋を捕まえられますか」

唐突にきかれ、功兵衛は戸惑ったが、その思いを顔に表すことはなかった。

「必ずや捕らえます」

力強い口調で功兵衛はいい切った。

「功兵衛どの、なんとしても捕らえ、五左衛門の無念を晴らしてください。どうか、お願いいたします」

深々と頭を下げ、節代が頼み込んでくる。

「下手人を捕らえるべき目付が信じられぬ今、私が信用できる唯一の人物は功兵衛どのしかおりませぬ。どうか、どうか、よろしくお願いいたします」

普請方一筋で探索の経験などこれまでまったくないが、自分には五左衛門と同じ血が流れている。やってやれぬことはなかろう、と功兵衛は思った。

「わかりました。力を尽くして探索してみることにいたします」

仕事を休むべきだろうか、と功兵衛は思った。しかし普請方はいつも人手が足りない。もし功兵衛が数日でも休むことになれば、伴蔵や大五郎に多大な負担をかけることになる。

――叔父上の汚名をそそぎたいのは山々なれど、迷惑をかけるわけにはいかぬ。

「叔母《おば》さま、ただし、それがしが探索できるのは非番の日だけになります。それでも構いませぬか」

「構いませぬ」

きっぱりと節代がいい切った。

「お役目の大事さは、私もよく解しております。くれぐれもお仕事に支障が出ぬようにしてください」

「かたじけないお言葉。感謝いたします」

功兵衛はこうべを垂れた。あの、と節代に声をかけられて顔を上げた。

「私には一つ疑問があるのですが」

「はて、なんでございましょう」

「三百両をくすねた者は、我が屋敷にその三百両を置いたのですから、結局のところ、盗み損ということにはなりませぬか」

それについては功兵衛も、妙だ、と思っていた。間髪を容れずに、おのれの考えを口にする。

「目付の誰かがくすねたのは、三百両だけではないかもしれませぬ。もしかすると、四千両のすべてを我が物にしたのかも……」

ええっ、と節代が仰天する。

「しかし、それだと一人の仕業ではないのではないでしょうか」

「おっしゃる通りです」

功兵衛は大きくうなずいた。

「押し込みの隠れ家にあったという四千両を一人で運び出すことなど、まずできませぬ。あるいは、目付衆のすべてが関わっているのかもしれませぬ」

「えっ、では目付頭の織尾さまも……」

節代が目をぱちくりさせた。

「まだ確たる証拠はありませぬが……」

首を振り、功兵衛は小さく息をついた。

「もしまことに四千両もの大金を目付衆が我が物にしたとなれば、その中心たる人物は織尾どのしかおりませぬ」

迷うことなく功兵衛は断言した。

「だったら、殺し屋に五左衛門を亡き者にするよう頼んだのは織尾さま……」

それしか考えられぬ、と功兵衛は思った。

「織尾どのについて、密《ひそ》かに調べてみることにいたします。なにか殺し屋とのつながりが見つかるかもしれませぬ」

「わかりました。しかし功兵衛どの、どうか、お気をつけください。五左衛門の仇《あだ》を討つために、もし功兵衛どのまで失うことになれば、私も生きておれませぬ」

「よくわかっております。慎重に事を運ぶつもりでおります。ああ、叔母さま。一つうかがいたいことがあるのを思い出しました」

「なんでございましょう」

「お屋敷から見つかった三百両ですが、それをご覧になりましたか」

「納戸の箪笥《たんす》にあったといって、織尾さまが風呂敷《ふろしき》に入った小判を私に見せました」

怒りの表情で節代がいった。

「小判は包み金でしたか」

「はい、包封がされており、『小判五拾両』とありました」

「包封には、店の名も捺印《なついん》されていたと思いますが」

「あれは墨俣《すのまた》屋の印でした」

加瀬津城下の両替商である。加瀬津随一の豪商といってよく、その信用を背景に小判の包封を行っている。墨俣屋の包み金は加瀬津城下では唯一出回っているもので、役目柄、功兵衛は何度か目にしたことがある。

包封については江戸や大坂《おおさか》の両替商も同様のことをしており、別段珍しいことではない。

「わかりました。叔母さま、質問はもうありませぬ」

功兵衛どの、と呼びかけて節代が真摯《しんし》な目を向けてくる。

「どうか、くれぐれも頼みます。五左衛門の汚名をそそいでください」

はい、と威儀を正して功兵衛は答えた。

「必ず叔父《おじ》上の仇を討ってご覧に入れます」

水巻家を取り潰《つぶ》しの危機から救わなければならない。やってやるぞ、と功兵衛は決意を固めた。

節代が供の者と帰っていくのを見送ったあと、明かりをつけて夕餉《ゆうげ》の支度に取りかかった。雑炊ができ上がると、糸吉とともにすすり、空腹を満たした。

糸吉が後片付けをしだしたのを見て、功兵衛はごろりと横になり、どうすれば五左衛門の無実の罪を晴らせるか、考えはじめた。

鷹野屋を襲った押し込みが捕まったのが、今から七日前のことだ。功兵衛の推量によれば、この日に四千両が目付によって盗まれたことになる。

四千両はどこに隠されているのか。織尾の屋敷だろうか。

──分け前をやるゆえ黙っておれ、と叔父上はいわれたのかもしれぬな。しかし、叔父上には悪事に加担する気はむろんなかった。それゆえ邪魔者になり、殺し屋によって亡き者にされたのだ……。

殺し屋か、と功兵衛はふと思った。加瀬津に殺し屋がいるものなのか。

もしかすると本当にいるのかもしれないが、五左衛門を殺せるだけの腕の持ち主はいないような気がする。

——だとすれば、織尾は領外から殺し屋を呼んだのか。

だが、七日前に押し込みが捕まり、その四日後の深夜に五左衛門は殺された。領外の殺し屋に頼んだとしたら、あまりに早すぎるのではないだろうか。

織尾は領内か、加瀬津近くにいる殺し屋に頼んだのだ。

——どうやって領内に腕利きの殺し屋がいると知ったのか。

目付頭という役目柄、知ることになったのか。知っていて、なにゆえ捕まえないのか。

手駒として利用できるからか。殺し屋が、と功兵衛はふと思った。家中の者とは考えられぬか。

家中で闇討ちを仕事として与えられたような者はいないのか。

——もしかすると、父上がそうだったかもしれぬ。

父の勝兵衛がいなくなった今、他の者が代わりを務めているということは十分に考えられる。

——だが、父上は、深夜の屋敷へ忍び込み、人を切腹に見せかけて殺すというような真似はしなかったのではないか。

むしろできなかったはずだ。おそらく勝兵衛がしてのけたのは人を暗がりで待ち伏せ、刀でばっさり斬ることだったのではないか。

だが、今回の下手人は水巻屋敷に忍び込んでいる。

忍び込むといえば、と功兵衛は思い出した。竹坂家中には鐘築組《かねつきぐみ》という忍者がいる。戦国の昔は数多くの敵を闇討ちにするなど、比類なき活躍を見せたそうだ。

今も戦国の頃の技が伝わっているとするなら、水巻屋敷に忍び入り、五左衛門を自死に見せかけて殺すのは、さほど難しいことではないのではあるまいか。

——織尾が鐘築組の者に、叔父上を亡き者にするよう命じたかもしれぬ……。

よし、とつぶやいて功兵衛は、太ももをぱしっと叩《たた》いた。鐘築組に的を絞り、探ってみるのはよい手ではないだろうか。

三

明くる朝、また少し開花が進んだように思える桜の下、功兵衛は糸吉を連れて城を目指した。

玄関から表御殿に入り、畳廊下を進む。

詰所の襖《ふすま》を開けて敷居をまたぎ、同僚に挨拶《あいさつ》した。頭の忠吾の指示を受けて、すぐに仕事に取りかかる。

四《し》半刻《はんとき》ほど書類仕事をしてから立ち上がり、忠吾の文机《ふづくえ》の前に端座した。

「どうした、永見」

文机の上の書類から面を上げ、忠吾が功兵衛を注視する。

「ちと調べ物をしてまいりたいのですが、外に出てよろしゅうございますか」

「どこへ行くつもりだ」

はっ、と功兵衛はかしこまった。

「図書寮《ずしょりょう》で、九十年前の水門のつくり方を調べたいのでございます」

図書寮にはおびただしい書物や書類が所蔵されており、昔の建築方法や前例などを調べるのには最もよい場所である。

「九十年前の水門だと」

はい、と功兵衛は答えた。

「こちらの水門でございます」

功兵衛は、手にしていた書類を宙で広げてみせた。それには、一つの水門の絵が描かれている。

「それはどこの水門だ」

「佐原田町《さわらだまち》の水門でございます」

「先日の大雨の際、破損した水門だな」

「さようにございます」

忠吾を見つめて功兵衛は点頭した。

「あの水害で佐原田町の水門は流されてしまいましたが、実は九十年前にできたものので、かなり長持ちいたしました。あの水門がどのような手立てでつくられたのか、普請に取りかかる前に調べたいと考えております」

ほう、と忠吾が嘆声を漏らした。

「佐原田町の水門は、そんなに長く持ったのか。それは素晴らしいことだが、水門をつくる手立てを知る者なら、いくらでもおるのではないか」

「ただの水門でしたら、お頭のおっしゃる通りでございますが、佐原田町の水門は何分、ときがたちすぎておりまして……」

「つくり方や工夫を知る者がおらぬというのか……。それで、昔の書類を当たるしかないというのだな。よし、永見、調べてこい」

「ありがたきお言葉」

深く頭を下げた功兵衛は書類を畳み、忠吾の前を辞した。詰所を出て、畳廊下を図書寮に向かう。

図書寮は、表御殿のかなり奥まった場所にある。あまり人が訪れることはなく、二畳ほどの狭い畳敷きの間で、係の者が暇そうにしていた。

役名と名を告げた功兵衛が、水門のことを調べたいというと、こちらに署名を、と文机に置かれた帳面を滑らせてきた。筆を使って功兵衛は役名と名を記した。

ではどうぞ、と係の者が図書寮の中に入るよう手を振った。それきり功兵衛には、なんの関心も示さなかった。

畳の間の奥に、三十畳ほどの広さを持つ板敷きの間があり、背の高い本棚がいくつも立ち並んでいる。本棚には、おびただしい書物や書類がどっさりのっていた。

その光景を半月ぶりに目の当たりにして、功兵衛は圧倒されるものを覚えた。ここには、竹坂家の歴史がぎっしり詰まっているのだ。

普請や建築に関する本棚には目もくれず、功兵衛は家中関係の書物や書類が集められている本棚に向かった。

竹坂家中のことが記された武鑑が目当てである。武鑑は城下の参円屋《さんえん》という書物問屋が刊行しているもので、家臣の姓名、石高、役名、屋敷地、家紋、父親の名、親類などが載っている。

江戸の武鑑には親類までは記されていないらしいが、加瀬津は在所だけに人との関わり合いがずっと濃密である。そのこともあり、参円屋は独自に載せているにちがいなかった。

参円屋の武鑑はだいたい五年に一度、新たなものが刊行されるが、ひじょうに高価で、功兵衛に手が出るような代物ではない。

本棚にはこれまで出た武鑑が何冊も置かれていたが、去年の秋に出た最新のものを、功兵衛は手に取った。

明かり取りの窓の下に文机が置かれており、その上で武鑑を開く。目を皿のようにして、織尾紋之丞の名を探した。

――あった。

織尾家は百五十石で目付頭を務め、五左衛門と同じ原陣町に屋敷がある。家紋は抱き沢瀉《おもだか》だ。

功兵衛が知りたいのは織尾家の親類のことである。神経を集中して瞳《ひとみ》を凝らす。

――やはりそうであったか……。

織尾家には片瀬《かたせ》家という鐘築組の親類がいるのが知れたのだ。武鑑の頁を繰り、すぐさま片瀬家のことを調べてみた。

片瀬家のあるじは七右衛門《しちえもん》といい、鐘築組の同心で十八石、屋敷は肘曲町《ひじまがりまち》にある。肘曲町は城の裏手の低い地にあり、功兵衛が暮らす竹園町と同様、小禄《しょうろく》の家臣の屋敷が数多く集まっている。

——それにしても十八石とは、これはまた少ないな。

功兵衛の永見家は、四十石でも汲々《きゅうきゅう》としているのだ。十八石となると、暮らしはいったいどのようなものになるのか。

——金を積まれれば、たやすく殺しを引き受けるかもしれぬな……。

片瀬七右衛門か、と功兵衛は思った。

——さっそく調べてみるとするか。

父親の名や親類のことを、功兵衛は持参した帳面に書き写した。これでよし、と武鑑を閉じようとしたとき、父親の名に再び目が行った。それを見て功兵衛は、おや、と首を傾げた。

次郎右衛門《じろうえもん》という名に、なんとなく覚えがあるような気がしたのだ。

知り合いなどではない。なにゆえ覚えがあるような気がするのだ、と思案してみたが、思い出せない。

釈然としなかったが、片瀬次郎右衛門という名を脳裏に刻み込んでから武鑑を本棚に戻し、係の者に礼をいって図書寮をあとにした。

詰所に入った功兵衛は忠吾に、戻りましてございます、と報告した。

「それで、どうであった」

「佐原田町の水門のつくり方や工夫は、無事にわかりましてございます」

「それは重畳。ならば永見、さっそく絵図を起こすのだ」

「承知いたしました」

一礼して功兵衛は自分の文机に戻った。さっそく絵図を引きはじめる。実際のところ、佐原田町の水門のつくり方に関しては、半月前に調べ済みである。

絵図づくりに励んでいると、やがて昼休みになった。持ってきた弁当をその場で広げ、食べはじめる。

横で伴蔵も弁当を食していた。伴蔵はいつも、妻の紀見絵《きみえ》につくってもらっている。

「功兵衛は毎日、自分で弁当をつくっているのだな。大変ではないか」

伴蔵にきかれ、功兵衛はにこりとした。

「慣れてしまえば、どうということもありませぬ」

「ふむ、そういうものなのか……」

不思議そうに伴蔵が鼻を鳴らした。

「功兵衛も祥恵どのを失って早二年。そろそろ後添いをもらってもよい頃だと思うがな」

後添いと聞いて、不意に弥生の顔が思い浮かんだ。だが、弥生は河田内膳の娘である。弥生が功兵衛の後添いに来るなど、天地が引っくり返ってもあり得ない。

――俺はまだ弥生さまを忘れられぬのか。

顔をしかめた功兵衛は、自分の頭を殴りつけたくなった。

「なんだ、功兵衛。誰か、そのような女性に心当たりがあるのか」

「いえ、まさか。そのような者はおりませぬ」

功兵衛はあわてて否定した。すぐに話題を変えるようにいう。

「あの、山根さまは、片瀬次郎右衛門という者をご存じですか」

他の者の耳に入らないよう、功兵衛は小声でたずねた。

「片瀬次郎右衛門どのだと。ふむ、なにか聞き覚えがあるような気がするな」

「もともと鐘築組の者でございます」

思い出すための一助になれば、と思い、功兵衛はいった。

「ああ、鐘築組か……」

しかし、伴蔵は思い出せなかった。

「わからぬな……」

あきらめたように伴蔵がいった。

「功兵衛、いま片瀬次郎右衛門といったか」

功兵衛の言葉が聞こえていたようで、前に座っている桔川大五郎が振り向く。

「さようにございます」

「鐘築組の片瀬次郎右衛門といえば――」

言葉を切り、大五郎が体ごと功兵衛のほうを向いた。

「五、六年前に何軒かの武家屋敷や大店《おおだな》へ盗みに入り、その罪で目付に捕らえられた者ではなかったか」

大五郎は人よりずっと早耳で、家中のことにかなり詳しい。鷹野屋の押し込みの三人が捕まったことを、いち早く功兵衛たちに教えたのも大五郎である。

いわれてみればその通りだ、と功兵衛は思った。しかも、次郎右衛門を捕らえたのは五左衛門だったはずだ。

少し自慢げな顔で大五郎が言葉を続ける。

「片瀬次郎右衛門という男は武家屋敷や大店から金を盗むだけでなく、盗み取った品物を売りさばいていたらしい。水巻どのの地道な探索によってそのことがわかり、見事、捕縛につながったというぞ」

そういうことだったのか、と功兵衛は納得した。やはり叔父上《おじ》はすごかったのだな、と思った。

――叔父上と同じ血が俺にも流れているのだ。きっと叔父上を殺した者を捕らえることができよう。

「次郎右衛門どのは捕まってどうなりました」

目を大五郎に据えて功兵衛は質《ただ》した。

「すぐさま打首になったはずだ」

何度も繰り返して盗みをはたらけば、そうなるのは当然のことだ。

「しかし、片瀬家は今も存在しております。お取り潰《つぶ》しにならなかったのでございますか」

ならなかった、と大五郎がいった。

「戦国の頃から伝わってきた忍びの技をさらに引き継がせることを口実に、片瀬家は残されたと聞いている」

「それはまた、ずいぶん道理に反するやり方でございますね」

「その通りだが、河田内膳さまの鶴の一声で決まったらしい」

なんと、と功兵衛は声を出しそうになった。

――筆頭家老が、反対する者たちを屈服させたというのか。しかし、なにゆえ内膳さまは片瀬家を守ったのだろう。

　答えは一つしかない。片瀬家の者を政争の道具として、闇討ちに使えると踏んだからにちがいない。


――もし今の片瀬家当主の七右衛門という男が、父親を捕らえられたことで、叔父上にうらみを抱いていたらどうなるか。殺害に至るだろうか。

さすがに、そこまではしないのではないか。やはり盗みを行った者が悪いと、誰でもわかるような気がする。

――もし次郎右衛門が濡衣《ぬれぎぬ》を着せられたとしたら、どうであろうか。

腕利きの五左衛門がそんなへまを犯すとは思えないが、父の無念を晴らさんとばかりに、七右衛門が襲いかかっても不思議はないのではないか。

それでも、なにゆえ今になって殺したのか、という疑問は残る。

大五郎によれば、五、六年前に次郎右衛門は打首になっているのだ。

濡衣を着せられたうらみを晴らすのなら、もっと早く五左衛門を殺していなければ、おかしい。

――もしうらみで七右衛門が叔父上を殺した場合、織尾たち目付衆は叔父上の死には関わりがないということになろう。だが織尾と七右衛門は親類だ。

それに、水巻屋敷にあった三百両のこともある。もし七右衛門がただのうらみで五左衛門を殺した場合、誰が三百両を置いたのか。

よくわからぬな、と功兵衛は思った。横から、功兵衛、と伴蔵が呼んできた。

「なにゆえ片瀬家のことを気にしているのだ」

やや鋭い口調で伴蔵がきいてきた。

「ちとありまして……」

功兵衛が言葉を濁すと、伴蔵がぎろりとにらみつけてきた。その眼差《まなざ》しからはいつもの人のよさを感じさせるものは消え、意外な迫力があった。

「水巻どのの死の裏に、なにかあるのではないだろうな。おぬしは水巻どのを失ってから、少しおかしいぞ」

「いえ、裏などなにもありませぬ。叔父上の死は、今もこたえておりますが……」

殊勝な顔をつくって功兵衛は答えた。すぐに昼休みが終わり、そそくさと仕事に戻った。

四

その後いつもと同様、七つ刻《どき》には仕事を終え、功兵衛は糸吉とともに帰路についた。

――今から肘曲町へ行き、片瀬七右衛門に会ってみるか。問い詰めれば、叔父上殺しを吐くかもしれぬ。

いや、とすぐに功兵衛は心中でかぶりを振った。

――忍びが、いくら厳しく問い詰められたからといって、なにも吐くはずがない。しらを切るだけだろう。

証拠が必要である。今のところ、七右衛門が五左衛門を殺したという証拠は、なにもないのだ。

――果たして手練《てだれ》の忍びが、証拠など残しているものなのか。そんな迂闊《うかつ》な真似をするわけがない気もするが……。

せっかく下手人が判明したかもしれないのに、うまく事が進まない。くそう、と功兵衛は毒づきたかったが、やめておいた。すぐ後ろを糸吉が歩いている。何事かと心配させるだけだろう。

屋敷に戻り、功兵衛はすぐさま夕餉《ゆうげ》の支度に取りかかった。なんとしても証拠をつかみたいとの思いが頭から離れず、包丁を使っていたのに注意が散漫になった。

ふとした弾みで左手の人さし指を切ってしまい、功兵衛は、あっ、と声を上げた。

――しくじった。

深く切ったわけではないが、かなり血が出てきた。指をしゃぶると、口中が血の味で一杯になった。

「どうかされましたか」

外で薪《まき》割りをしていた糸吉が案じ顔で台所に入ってきた。

「なにやらお声が聞こえましたが」

「なに、ちと指を切っただけだ」

血を吸いつつ功兵衛はいった。

「えっ、大丈夫でございますか」

「ああ、なんということもない」

「殿、しばしお待ちくださいね」

姿を消した糸吉が戻ってきた。

「こいつを巻いておきましょう」

小さく裂いた晒《さらし》を、功兵衛の人さし指にくるくると巻きつけ、小さく縛った。

「晒には傷によい軟膏《なんこう》を塗ってありますから、きっとよく効きましょう」

「こうまでせずともよいのに、糸吉は大袈裟《おおげさ》だな」

「いえ、もし化膿《かのう》するようなことになったら大変ですからね。小さな傷も決して油断できませぬ」

「ああ、まったくその通りだな。糸吉、かたじけない」

「いえ、いえ、殿に仕える者として当たり前のことをしたまででございますよ。あ、殿、唇と歯に血がついておりますぞ」

糸吉が瓶《かめ》の水を柄杓《ひしゃく》ですくい、湯飲みに入れた。それを功兵衛に差し出してくる。受け取った功兵衛はうがいをし、流しに水を吐き出した。赤黒い水が排水孔から流れ出ていく。

人さし指を見たが、糸吉の手当のおかげで、すでに血は止まっていた。痛みも感じない。

そういえば、と功兵衛はまざまざと思い出した。

——叔父《おじ》上の唇と前歯にも、血がついていたな。

切腹の痛みに耐えるために唇を噛《か》み締めたせいだろう、と五左衛門の死顔を目にしたとき考えたが、いま思い返してみても、五左衛門の唇に傷などはなかった。それに五左衛門は、先に喉《のど》を突かれて命を絶たれたはずなのだ。切腹の痛みなど感じるわけがない。

――叔父上の唇と歯についていたあの血は、賊のものではないか。

歯にも血がついていたというのは、どういうことなのか。もしや、と功兵衛は思い当たるものがあった。

「糸吉、ちょっと顔を貸してくれ」

「はい、なんでございましょう」

「動かずにじっとしておれ」

命ずるや功兵衛は糸吉の背後に回り、左手で糸吉の顎《あご》を持ち上げた。

なにをする気なのかと、糸吉は訝《いぶか》しげにしているが、黙って立っている。

功兵衛は右手に短刀を持っているものとして、糸吉の喉を突く仕草をした。

――ふむ、賊が指を噛まれたとしたら、まさしくこの指か。

功兵衛は、先ほど切ったばかりの左手の人さし指を見つめた。

――あの世から、叔父上が真相を教えてくれたのかもしれぬな……。

「よし、よくわかった」

功兵衛は糸吉の顔から手を放した。はあ、といって糸吉が功兵衛を見る。

「殿、今のはいったいなんだったのでございますか」

「証拠を見つけ出すための大事な作業だ。よし、糸吉、出かけるぞ」

「えっ、今からでございますか。どちらにいらっしゃるので」

「叔父上の屋敷だ」

台所をあとにした功兵衛は茶の間で身支度をととのえ、屋敷を出た。戸締まりをした糸吉が後ろについてくる。

日暮れが近いが、ようやく暖かくなってきたせいか、道にはかなりの人通りがあった。桜を眺めて楽しむ者が多いようだ。桜には目もくれず功兵衛は足早に歩いた。

水巻屋敷の木戸門の前に立ち、張りのある声で訪《おとな》いを入れた。応《いら》えがあり、木戸門の閂《かんぬき》が外される音が響いてくる。

顔を見せたのは水巻家の家臣である。このあいだ五左衛門の死を知らせに来た若党だ。

「叔母《おば》さまにお目にかかりたい」

「あっ、はい。お入りください」

若党にいわれ、功兵衛は木戸門をくぐった。糸吉が後ろに続く。

糸吉を玄関前に残して功兵衛は屋敷に入り、若党に案内されるまま客座敷の前に進んだ。若党の手で行灯《あんどん》が灯《とも》され、客座敷内が明るくなった。どうぞ、といわれて功兵衛は敷居をまたいだ。

——ここで叔父上は亡くなったのだな。

五左衛門のことを考えても、もう涙が出ることはなくなった。だからといって、自分が薄情だとは思わない。悲しみが徐々に薄らいでいくよう人というのはできているのだろう。

功兵衛はその場に座らず、なにか見つからぬか、と座敷内を探してみた。

そこへ節代があらわれた。

「功兵衛どの、いかがされました」

功兵衛の挙動に驚いて節代がきく。

「証拠が落ちておらぬかと思いまして……」

「えっ、証拠ですか」

はい、とうなずいて功兵衛は端座した。向かいに座った節代が、どういうことですか、と問うてきた。

「証拠とおっしゃるからには、探索が進んだのですね」

「はい、進みました」

背筋を伸ばして功兵衛は答えた。

「それは重畳」

どこかほっとしたようにいった節代が、ふと功兵衛の左手に目を向けてきた。

「あら、功兵衛どの、怪我をされたのですか」

「包丁で切ってしまいました。ただしこの指の怪我は、功名だったのかもしれませぬ」

「えっ、功名とはどういうことですか」

不思議そうに節代がきいてくる。

「それはこれから述べるつもりでおります。叔母さま」

少し膝《ひざ》を進めて功兵衛は呼びかけた。

「叔父上が亡くなった際、敷いていた浅葱《あさぎ》色《いろ》の布はどうされました」

「功兵衛どのによれば、あの布は下手人が持ち込んだものだとのことでしたね。ですので捨ててしまおうかと思いましたが、実は今も取ってあります。五左衛門が流した血がついており、それが私には愛《いと》おしくてなりませぬ」

目を閉じ、節代が涙を流した。お気持ちはよくわかる、と功兵衛は思った。功兵衛自身、布を少し分けてもらいたいくらいなのだ。

「叔母さま、布を見せていただけませぬか」

「五左衛門の血が一杯についておりますが、よろしいのですか」

「もちろん構いませぬ」

「では、こちらにおいでください」

功兵衛は立ち上がり、先に客座敷を出た節代についていった。

連れていかれたのは納戸である。立派な箪笥《たんす》が置いてあり、節代が一番上の引出しを開けた。

「この箪笥は、私の母上がこの家に嫁いできたときの嫁入り道具です。私も大事に使わせてもらっています」

引出しから油紙に包まれたものを取り出して床の上に置き、節代が中身を出す。

赤黒く染まった浅葱色の布が出てきた。きれいに畳まれていた。

「こちらです」

差し出された布を受け取り、功兵衛は床に広げてみた。おびただしい血が付着しており、五左衛門の苦しみが伝わってくるような気がし、胸が苦しくなった。

端から端まで隈《くま》なく布を見てみた。だが、そこに目当てのものはなかった。

五左衛門に嚙み切られ、指の一本でも出てこぬかと考えていたのだが、なかなか思うようにはいかなかった。

——ないか。

「功兵衛どの、いったいなにを探しているのですか」

当然の問いを節代が発した。

「下手人が叔父上の喉を突いたとき、人さし指を嚙まれたのではないかと、それがしは推量したのです。もし嚙みちぎられた指がこの布に残っていれば、下手人を捕らえるための動かぬ証拠になると思ったのですが……」

そういうことでしたか、と節代が納得したような声を上げた。

「いわれてみれば、五左衛門の口に血がついていましたね。あれは下手人の血でしたか」

「この布を畳むとき、叔母さまはそれらしきものをご覧になりませんでしたか」

「いえ、なにも見ておりませぬ」

申し訳なさそうに節代が首を横に振った。

「もし嚙《か》みちぎられた指を目にしていたら、私は気を失っていたかもしれませぬ」

気丈そうに見えるが、卒倒していたかもしれないというのは本音であろう。

「功兵衛どの、もうこの布はよろしいですか」

はい、と功兵衛は浅葱色の布を節代に返した。節代が丁寧に布を折り畳み、包むための油紙を床に広げた。

そのとき功兵衛の目は、油紙の上で小さく跳ねた何物かを捉《とら》えた。薄茶色で、しじみの殻のような形と大きさをしている。

「叔母さま、それはなんですか」

身を乗り出して功兵衛は指を差した。節代がそっと拾い上げた途端、ええっ、と目をみはり、恐ろしげな表情になった。

「人の爪のようです。血がついています」

その爪は血で布にくっついていたのが、血が乾いたことで布から外れ、油紙の皺《しわ》のあいだに隠れていたのではないか。節代が油紙を広げた弾みで、転がったのだ。

「このようなものがあったなんて、気づきませんでした。最近は老眼なのか、目が霞《かす》みがちですし……」

功兵衛は節代から爪を受け取り、目を近づけてまじまじと見た。

「紛れもなく下手人の爪でしょう」

——この大きさからして、人さし指の爪であろうな。

やはり五左衛門は下手人の指を嚙んだのだ。指は嚙みちぎれなかったものの、爪を剝《は》ぎ取る形になったのであろう。

――さすがは叔父《おじ》上だ。ただでは亡くならぬ。

五左衛門が殺された晩、節代の耳に届いた悲鳴のような声は、爪を剝ぎ取られた下手人が上げたものかもしれなかった。

――やったぞ。

大きく息をついてから功兵衛は節代に語りかけた。

「この爪の持ち主こそ、叔父上を亡き者にした下手人です」

爪を手拭《てふ》きでふんわりと包み込み、功兵衛は懐にしまい入れた。

「功兵衛どの、すでに下手人の心当たりがあるのではありませぬか」

「実はございます。必ず捕らえてみせますので、それがしからの知らせをお待ちください」

「わかりました。楽しみにしております」

節代に暇《いとま》を告げ、水巻屋敷を出た功兵衛は糸吉とともに肘曲町へ足を向けた。

五

逸《はや》る気持ちが抑えられない。

まちがいなく片瀬七右衛門の爪である。ついに動かぬ証拠をつかんだのだ。爪をしまってある懐を手で触れつつ功兵衛は道を急いだ。これから七右衛門との対決が待っている。

――やってやる。この手で七右衛門を引っ捕らえてやる。

心の臓を刀でえぐり出したいくらい七右衛門のことが憎かったが、功兵衛に殺そうという気はない。捕らえ、目付に突き出すつもりでいる。

こたびの一件が七右衛門一己のうらみによるものであるなら、織尾紋之丞たちは関与していないことになるからだ。

目付衆が鷹野屋の四千両を奪ったという事実がないなら、紋之丞が五左衛門の口を封ずる必要もないのだ。

――織尾家と片瀬家が親類だというのは、ただの偶然だったのであろうか。それにしても、なにゆえ水巻屋敷に三百両もの大金があったのか。

五左衛門に限って、決して横奪するようなことはない。

――三百両とは、いったいなんの金だ。

だが、それもいずれ判明するだろう。今はとにかく片瀬七右衛門を捕らえなければならない。

肘曲町に近づくにつれ、功兵衛の胸は高鳴ってきた。提灯《ちょうちん》を掲げた糸吉の先導で、功兵衛は足早に歩き続けた。

やがて肘曲町に入った。風がどことなく薄気味悪い。あまり気風がよいとはいえない土地のようだ。

日はすっかり暮れている。空は雲が覆っているようで、星の瞬きは一つも見えなかった。町には明かりはほとんど灯《とも》っておらず、家々は闇に沈んでいた。

功兵衛自身、糸吉が提灯で足元を照らしてくれているのに、往来はことのほか寂しく、ひどく暗いように感じた。

それでも、提灯の灯《あか》りを頼りに道を行きかう者がぽつりぽつりとおり、そのうちの一人を捕まえて、功兵衛は片瀬家の場所をきいた。

六十過ぎと思える老人は、すらすらと教えてくれた。

「片瀬さまのお屋敷には、三本の柿の木が植わっておりますから、夜といえどもすぐにわかりましょう」

かたじけない、と礼をいって功兵衛は片瀬屋敷に足を向けた。

老人が口にした通りの道を進むと、目の前に何軒かの小さな屋敷が建ち並んでいるところに出た。鐘築組の組屋敷であろう。

その中で、三本の柿の木がある屋敷は一軒のみだった。木戸門を叩《たた》き、功兵衛は屋敷内に向かって訪《おとな》いを入れた。

ほどなく玄関の戸が開いたらしい音がし、木戸門の向こう側で灯りが動いた。

「どちらさまでございましょう」

木戸門越しに男が問いかけてきた。夜になってからの訪客を警戒しているようだ。

おそらく片瀬家の下男だろう。

功兵衛は名と身分を告げた。

「片瀬七右衛門どのにお目にかかりたい」

「普請方のお役人が、どのようなご用件でございますか」

「水巻五左衛門の件だと七右衛門どのに伝えてくれ。さすれば、必ず会ってくれよう」

思い切って功兵衛はいった。

「承知いたしました。しばし、お待ち願えますか」

人の気配が消え、屋敷内に入っていく物音が届く。

――さて、七右衛門はどう出るだろうか。

しばらくして待つほどもなく、男が戻ってくる気配が伝わった。木戸門が音もなく開き、取っ手つきの行灯《あんどん》を手にした男が顔をのぞかせる。どんよりとした目で功兵衛を見、陰気な声でいざなってきた。

「どうぞ、お入りください」

功兵衛は糸吉とともに木戸門をくぐった。これから五左衛門を殺した男と対峙《たいじ》するのかと思うと、さすがに胸がどきどきする。

功兵衛は屋敷内に入った。糸吉はいつものように、玄関先で功兵衛の戻りを待つことになる。

功兵衛は、玄関から上がってすぐの座敷に通された。腰から刀を鞘《さや》ごと抜いて、擦り切れた畳の上に端座する。刀を横に置いた。

屋敷内は、ひどく線香くさかった。片瀬家では最近、死んだ者がいるのだろうか。

「あるじはすぐまいります」

一礼した下男が、座敷に行灯を置いて去っていった。

入れちがうように一人の男が入ってきた。歳はまだ二十歳前後ではないだろうか。

思った以上に若い。喜怒哀楽というものを、ほとんど感じさせない顔つきをしている。能面のような顔だな、と功兵衛は思った。手練《てだれ》の忍びにはこの手の者が多いと、前に聞いたことがある。話してくれたのは、同僚の大五郎だ。

「それがしが片瀬七右衛門でござる」

風邪でも引いているのか、しわがれ声で名乗って男が功兵衛の前に座した。左の人さし指に晒《さらし》が巻いてあるのを、功兵衛は認めた。

——まちがいない。

七右衛門が下手人だとの確信を得て、功兵衛は、ぎゅっと拳《こぶし》を握り締めた。気持ちを落ち着けて、名乗り返す。

「それがしは永見どのに、お目にかかったことがござったか」

七右衛門にきかれ、功兵衛は、ござらぬ、と打ち消した。

さようか、といって七右衛門がすぐさま言葉を続ける。

「水巻五左衛門さまというお方の件だと、うかがったが、さて、どのようなことでござろうか」

七右衛門は、功兵衛を探るような目をしている。

「水巻五左衛門は我が叔父《おじ》だが、おぬしが殺したのではないかとの疑いを抱き、今《こ》宵《よい》、訪ねさせてもらった」

七右衛門をにらみつけ、功兵衛はずばりといった。七右衛門が、かすかに怒りのような色を見せる。

「永見どのは、なにゆえ愚かなことをおっしゃるのか」

それには答えず、功兵衛は顎《あご》をしゃくった。

「片瀬どの、その指はどうされた」

顔をしかめ、七右衛門が左手を引っ込める。

「ちと怪我をしただけのこと……」

「怪我をしたのは、いつのことだ」

「先日だ」

「先日とは、四日前の深夜のことではないか」

斬り込むように功兵衛はいった。

「そこまではっきりとは覚えておらぬ」

「それは嘘だな」

功兵衛はぴしりと決めつけた。

「忘れようとしても忘れられるはずがなかろう。なにしろ、おぬしは指を食いちぎられかけたのだからな」

七右衛門が、むう、とうならんばかりの顔になった。

「わしは食いちぎられてなどおらぬ」

「だが、少なくとも爪を失ったのではないか」

「薪《まき》割りをしていたとき、誤って鉈《なた》で指を打ってしまったのだ。武家としてあまりに体裁が悪すぎ、恥ずべきことゆえ黙っていたに過ぎぬ」

「ならば片瀬どの、その晒を取ってもらえまいか」

むっ、として七右衛門がねめつけてくる。

「なにゆえおぬしの頼みを聞かねばならぬ」

「先ほどもいったが、水巻五左衛門を殺した下手人は、左手の人さし指の爪を失っているからだ。見せてもらわねばならぬのだ」

「わしは水巻どのを殺してはおらぬ」

「そういい張るのなら、見せてもらってもよさそうなものだが……」

「せっかく医者に手当をしてもらったのだ。ここで晒を取るわけにはいかぬ」

「どうしても取らぬつもりか」

「取らぬ」

あきれたように七右衛門が首を振る。

「なにゆえ、わしがその五左衛門とかいう者を殺さなければならぬのだ。面識もないというのに……」

「おぬしは、五左衛門にうらみを抱いていたのではないか。おぬしの父親を捕縛した男だからな」

それに対して七右衛門はなにも口にしなかった。

「まるで知らぬような顔をしているが、おぬしは五左衛門のことをよく知っているはずだ」

「ああ、知っているさ」

功兵衛を見つめ返し、七右衛門があっさりと肯定した。

「水巻五左衛門は、父上に濡衣《ぬれぎぬ》を着せた男だからな」

「俺は水巻五左衛門という人物をよく知っている。常に正義を行い、なにもしておらぬ者に濡衣を着せるような人ではない」

ふん、と七右衛門が馬鹿にしたように鼻を鳴らした。

「水巻五左衛門の本当の姿を知らなかっただけだ」

「次郎右衛門が無実の罪だったという、確たる証拠はあるのか」

「五左衛門がこの屋敷にやってきて我が父を引っ立てようとしたとき、父上はわしに向かって、わしはなにもしておらぬ、七右衛門、信じてくれ、といった。それが証拠だ」

「そのような言葉が証拠になるものか。信じるほうがどうかしている」

「信じるに決まっておろう。父上は嘘などつかぬ」

「ついたのだ」

強い口調で功兵衛は断じた。

「次郎右衛門は暮らしの苦しさに耐えきれず、おのが技を用い、盗みに走ったのだ。それを五左衛門が捕らえた。動かぬ証拠もあったはずだ」

「あるはずがない。父上は盗みなど決してせぬ。高潔なお人だった」

「だが、その高潔な人物は、盗み出した品物を売りさばいていたのだぞ。そのために足がつき、捕らえられたのだ」

「嘘だ」

「嘘ではない。水巻五左衛門はただ正義を行ったに過ぎぬ。それをおぬしは殺したのだ」

懐に手を入れ、功兵衛は手拭《てふ》きを取り出した。畳の上に手拭きを広げると、血に染まった爪が出てきた。

「これはおぬしの爪だな」

うめき声を出さんばかりの顔つきで、七右衛門が爪を凝視している。

「その晒を取り、見せてみろ。この爪はおぬしの傷にぴたりと嵌《は》まるはずだ」

七右衛門はしばらくなにもいわなかった。

「そうだ、俺が五左衛門を殺《や》った」

目を血走らせて七右衛門がついに認めた。

ようやく白状したか、と功兵衛は体から力が抜けそうになった。だが油断はできない。丹田に力を込める。

「うらみから殺したのだな」

「そうだ。わしは前から五左衛門をこの手で殺したいと願っていた」

「次郎右衛門が捕らえられ、死罪になったのが五年前。それがなにゆえ今になって五左衛門を亡き者にした」

「母上が病で亡くなったからだ。母上が生きているあいだはなにもせず、軽はずみな振る舞いをせぬよう心がけていた」

――母の死がきっかけとなって、叔父上を手にかけたというのか……。

屋敷中に漂う線香のにおいは、母親のために焚《た》かれたものなのだろう。

「五左衛門を亡き者にしたあと、おぬしは爪を探したのではないか。だが、見つからなかったのだな」

ああ、と七右衛門がいった。

「必死に探したが、どこにもなかった。気づいたら、内儀のものらしい足音が聞こえてきた。わしは退散するしかなかった。内儀まで手にかけては、せっかく五左衛門を自害に見せかけて殺したのが、意味を持たなくなってしまう」

顔を歪《ゆが》め、七右衛門がうつむいた。

「爪が見つからなかったことに、いやな気はしていたのだ……」

功兵衛は爪を手拭きで包み、懐にしまった。

「虫の知らせというやつだな。それは見事に的中したようだ」

上目遣いに七右衛門が功兵衛を見る。

「それで、わしをどうする気だ」

「目付のところに連れていく」

「殺さぬのか」

目を光らせて七右衛門が功兵衛を見る。

「もしわしが手向かいするといったら、どうする」

「むろん容赦はせぬ。それでも殺しはせぬが、おぬしは痛い目を見ることになろう」

七右衛門が、功兵衛を値踏みするような目で見た。

「なるほど、いうだけのことはあって、おぬし、やるな」

ああ、と功兵衛はいった。

「おぬしが思っている以上に遣うぞ。張り合おうなどと、考えぬほうが身のためだ」

「いや、張り合うに決まっておる」

いうやいなや七右衛門が躍りかかってきた。同時に右手を伸ばしてくる。

狙いは功兵衛の首を、がっちりつかむことのようだ。首を絞め、窒息させようというのだろう。

七右衛門自身、素早くやったつもりだったかもしれないが、功兵衛には意外なほど動きが緩慢に見えた。伸びてきた手を無造作に払って脇差《わきざし》を抜き、抜き身を七右衛門の喉《のど》に突きつける。その一連の動作を、功兵衛は一瞬でやってのけた。

——これが手練《てだれ》だというのか。叔父《おじ》上ともあろう者が、この程度の者に殺られてしまったのか……。

うっ、とかすかな声を出したが、七右衛門がなおも功兵衛の喉に手を伸ばそうとする。

「やめておけ」

低い声で功兵衛は制した。

「きさまが叔父上にしたのと同様、喉を貫くなど、たやすいことぞ」

功兵衛は、つん、と脇差を軽く突き出した。それだけで喉に血がにじみ、七右衛門が体を固くした。

「きさまがなにをしようと、俺には勝てぬ」

「いや、そうではないぞ。俺が本領を発揮できぬのは風邪を引いているせいだ」

やはりしわがれ声はそのためのようだ。

「風邪を引いておらんでも、きさまは俺に勝てぬ。よし、立て」

七右衛門を見据えて功兵衛は命じた。悔しげに唇を嚙《か》み、七右衛門が立ち上がった。

功兵衛は畳の上の刀を手に取り、腰に差した。七右衛門に近づき、なにか得物を隠し持っていないか、着物を探ってみた。なにも所持していなかった。

「よし、こっちに来い」

別に縛《いまし》めもせず、功兵衛は七右衛門を歩かせた。玄関に下りて雪駄《せった》を履いたとき、背後に人の気配を感じた。

さっと振り返ると、若い女が赤子を抱いて立っていた。功兵衛は瞠目《どうもく》した。

――女房と子がおったのか……。

功兵衛は七右衛門の背中に脇差を突きつけているが、それが見えないように体で隠した。

「あなたさま、どこへ行かれるのです」

すがるように女房が問うた。七右衛門が首だけを振り返らせて女房を見る。

「ちと出てくる。すぐに戻るゆえ案ずるな」

「あの、そちらのお方はどなたですか」

「なに、友垣だ」

女房から目を離した七右衛門が板戸を横に引き、外に出た。功兵衛も続き、後ろ手に戸を閉めた。

「あっ、お帰りでございますか」

そこにいた糸吉がさっと腰を上げた。功兵衛が七右衛門に脇差を突きつけているのを見て、合点がいった顔をする。

「きさまは、目付頭の織尾どのの屋敷を知っているな」

功兵衛は七右衛門にいった。

「ああ、知っている。原陣町だ」

暗い声で七右衛門が答えた。

「案内せい」

ああ、といって七右衛門が歩き出す。

「糸吉、今から原陣町に行くぞ」

「わかりました」

外は風が強く吹きはじめていた。三本の柿の木が激しく揺れ、その暗い影が功兵衛の足元にまで延びて動いている。

激しい風の中、糸吉が提灯《ちょうちん》に火を入れた。あたりがほんのり明るくなる。

木戸門を出て功兵衛たちは、さらに暗さを増したような道を歩きはじめた。功兵衛は脇差を鞘《さや》にしまった。

「きさま、妻子がいるのに、なにゆえ馬鹿な真似をしたのだ」

七右衛門の背中に功兵衛はたずねた。

「どうしても父上の無念を晴らしたかった」

前を向いたまま七右衛門が答えた。

「人を殺すなら、もっと調べてからにすればよかったものを。少しでも調べれば、きさまの父親は濡衣《ぬれぎぬ》を着せられたわけでないと、わかったはずなのに……。きさまも妻子を残して死ぬような羽目にはならなかった」

「頼む、見逃してくれ」

功兵衛を振り向き、七右衛門が懇願してきた。功兵衛はかぶりを振り、それはできぬ、と冷徹な声でいった。

「きさまは叔父上を殺した。その報いは受けねばならぬ」

「どうしても駄目か」

「当たり前だ。人を一人殺すというのは、それほど重いことなのだと知れ。おのが命を差し出す以外、償う手立てはない」

縛めもされておらず、このまま逃げてしまえばよいのではないか、と七右衛門が考えたのがわかり、功兵衛は警《いまし》めの言葉を発した。

「逃げるというのなら、抜き打ちに斬り殺す。その覚悟があるのなら、やってみるがよい」

その言葉を聞いて七右衛門は逃げる気をなくしたようだ。うつむいて歩き出した。

だが、ほんの十間も行かないところで、功兵衛たちの行く手を遮る影があった。

驚いた糸吉が提灯を掲げる。

明かりに照らされて一人の侍が立っていた。ひと目見て、かなりの遣い手であるのが知れた。なにやつ、と功兵衛は腰を落とし、身構えた。

「お頭……」

男を見て、七右衛門が呆然《ぼうぜん》としたようにつぶやく。男は鐘築組の頭なのだ。だとすれば、と功兵衛は思った。腕が立つのも当然であろう。

「七右衛門」

やや甲高い声で男が呼んだ。

「こんな刻限にどこへ行く」

畏《おそ》れ入ったように七右衛門が腰を曲げる。

「お目付のところでございます」

「お目付だと。なにがあった」

「そ、それが……」

顔をしかめ、七右衛門がいい淀《よど》む。前に出た功兵衛は姓名と身分を告げ、なにがあったか、あらましを語った。

「なんだと」

眉根《まゆね》を寄せ、男が七右衛門をにらみつける。

「七右衛門、人を殺したというのはまことのことか」

「まことでございます」

七右衛門がうなだれるようにうなずいた。

「なんということだ」

ふむう、と盛大に鼻から息を吐き、男が信じられぬという顔をする。

「であるなら、目付のもとに行くのは当然のことだ。永見どの、七右衛門に縄も打たずに連れていくこと、心より感謝いたす」

男が功兵衛に向かってこうべを垂れた。

「いや、感謝されるほどのことではありませぬ。逃げれば殺すと申したまで……」

「脅しではないようでござるな」

功兵衛を見据えて男がいった。

「むろん」

「それがしは和久利稲造《わくりいなぞう》と申す。本来ならそれがしの許しもなしに配下の者を連れていくなど、あってはならぬものと存ずるが、永見どのの叔父《おじ》上を殺したとなれば、致し方ないこと。永見どの、もしなにかあれば、それがしにつなぎをくだされ」

和久利の瞳《ひとみ》が油を塗ったかのようにぎらついている。なにか人ではないもののように見え、功兵衛は薄気味悪さを覚えた。

「わかりました。では、失礼いたします」

和久利に断って功兵衛は再び歩き出した。和久利がいやな気を放っていることに気づき、ちらりと振り返る。和久利は功兵衛を取り返そうとしているのではあるまいか。

だが、和久利はその場を動かず、功兵衛たちを見送る風情だ。それでも気を緩めることなく功兵衛は背後の警戒を怠らなかった。

和久利から一町ほど離れたところで体から力を抜き、七右衛門に話しかける。

「なにゆえ和久利どのは、あんなところに立っていたのだ」

「異様に勘が鋭いお方だ。自分の組の配下になにかあったことを覚《さと》り、外に出てきたのであろう」

ずいぶんと不気味さを漂わせている男だったな、と功兵衛は思った。いかにも鐘築組の頭らしかった。功兵衛は、またいずれ会うことになるような気がした。

その後は何事もなく原陣町に入った。七右衛門の案内で、功兵衛は織尾家の屋敷の前に立った。

ここから水巻屋敷はさほど遠くない。目付衆は組屋敷にまとまって暮らしているわけではないようだが、ほんの三町ばかりであろう。

頼もう、といって功兵衛は木戸門を叩《たた》いた。その間も七右衛門から決して目を離さない。

しばらくすると、中で明かりが灯《とも》った。玄関の戸が開く音がし、木戸門に近づいてきた者が、どちらさまでしょう、ときいてきた。功兵衛は名乗り、身分も告げた。

「して、永見さまのご用件は」

五左衛門殺しの下手人を連れてきたことを、功兵衛は語った。

「その旨、織尾さまにお伝え願いたい」

「わかりました。少々お待ちください」

男が屋敷内に入ったのが知れた。おそらく織尾屋敷の用人であろう。

男が戻ってきた気配があった。閂《かんぬき》が外され、木戸門が開く。行灯《あんどん》を手にした男が功兵衛をじっと見る。

「お目にかかるそうでございます。どうぞ、お入りください」

七右衛門を先に入れ、功兵衛はそのあとに木戸門をくぐった。糸吉がそれに続く。用人とおぼしき男が木戸門を閉める。

功兵衛は七右衛門を連れて屋敷に入った。庭に面した廊下を歩き、二つの行灯が灯された座敷に案内された。

そこにはすでに織尾紋之丞が座していた。

「永見どの、よく来た」

「夜分遅く申し訳なく存じます」

七右衛門を紋之丞の前に座らせ、功兵衛はその斜め後ろに端座した。

「水巻を殺した下手人を連れてきたと聞いたが、この男がそうなのか」

紋之丞が目をみはって七右衛門を見ている。

「さよう。この男は鐘築組の者で、片瀬七右衛門という者。問い詰めたところ、我が叔父上殺しを白状いたしました。証拠はこれでござる」

功兵衛は手拭《てふ》きを取り出し、それを畳の上で開いた。一枚の爪がのっている。

「これは」

物問いたげな顔で紋之丞が功兵衛を見る。

「喉《のど》を短刀で突かれた際、叔父上がこの者の人さし指を嚙《か》み、剝《は》ぎ取った爪でございます」

どういう経緯《いきさつ》でこの爪を見つけたか、功兵衛は説明した。

「それはすごい。よく見つけたものだ」

紋之丞が功兵衛を褒め称《たた》えた。運もよかったのだ、と思ったが、功兵衛はそのことを口にしなかった。理詰めの探索で証拠を探し出したと、紋之丞に思わせておくほうがよいような気がした。

「よくやったな、永見どの」

珍しく、感嘆の思いを紋之丞が露《あら》わにしている。

「畏れ入ります」

功兵衛は頭を下げた。ぱんぱん、と紋之丞が手を打ち合わせた。

織尾家の家臣がやってきて、お呼びでございますか、と襖《ふすま》を開けた。

「この男を連れていけ。牢《ろう》に入れておくのだ」

紋之丞が七右衛門を手で示した。

「承知いたしました」

「ああ、念のために縄を打ってから連れていけ。逃げられては叶《かな》わぬ」

いったん姿を消した家臣が縄を手に戻ってきた。座敷に入り、七右衛門を縛り上げた。その上で座敷の外に連れ出した。襖が閉じられ、遠ざかっていく二つの足音が功兵衛の耳に届いた。

「永見どの、まことによくやったな」

「これで叔父上の汚名はそそがれますね」

「うむ、その通りだ。よかった。わしもほっとした」

紋之丞も喜んでいる。ただし功兵衛には、一つ気になることがあった。水巻屋敷にあった三百両である。

「織尾さまは、叔父上が三百両を横奪したとお考えですか」

「いや、どう考えてもそれはないな。水巻は正義の心あふれる男だったゆえ」

すぐに紋之丞が言葉を続けた。

「三百両の出どころについて、実はもうわかっているのだ」

「まことですか」

功兵衛は身を乗り出した。

「おぬしが覚えているか知らぬが、十二年ばかり前、城下の安西屋《あんざい》という大店《おおだな》が押し込みに遭い、三千両を奪われたことがある」

いわれてみれば、そんなこともあったな、というくらいの記憶しか功兵衛にはなかった。

「安西屋のあるじは元々武家だった。大目付を務める北島掃部頭《きたじまかもんのかみ》さまのすぐ下の弟御が養子に入り、あるじとなっていた。そのために目付の我々に探索の命が下ったのだ」

そういういきさつだったか、と功兵衛は思った。

「押し込みは捕まったのですね」

「水巻が見事に押し込みを捕らえ、ほとんどの金も店に戻った。その後、安西屋から三百両の礼金が水巻に下された。水巻は固辞したが、結局は押しつけられた。三百両の金には手をつけず、万が一のために大事に取っておいたのだろうな」

「三百両の出どころはそれだけはっきりしていたにもかかわらず、なにゆえ叔父上が横奪したということになったのですか」

おかしいと感じたことを功兵衛は口にした。

それか、と紋之丞がいった。

「文で注進に及んだ者があった。その文には、鷹野屋の四千両のうち三百両を水巻五左衛門が横奪したと記されていた。それで我らは水巻屋敷を検《あらた》めたのだ」

「その文は誰が出したのです」

「わからぬ。差し出した者の名は書かれていなかった」

いったい誰がそんなことをしたのだろう。まるで見当がつかない。

「それがしは叔母《おば》さまから、鷹野屋から奪われた四千両のうち、三百両が足りないのが明らかになったとうかがったのですが、その三百両はあったのですか」

「ああ、あった。鷹野屋から奪われたのは、正しくいえば、三千七百両ほどだったのだ。金蔵の役人が数えまちがいをしたらしい」

なんと、と功兵衛は我知らず声を上げた。

「蔵役人が、そんなまちがいを犯すものなのですか」

「誰にでも、うっかりというものはあろう。注進に及んだ文があり、蔵役人の過ちも重なって、水巻が三百両を我が物にしようとしたかもしれぬ、と我らは疑わざるを得なかった。家捜ししたのはそのためだ。明日にでも水巻屋敷に行き、節代どのに謝ろうと思っている」

とにかくこれで、と功兵衛は思った。五左衛門の疑いは晴れた。水巻家が取り潰《つぶ》される危機も回避できたのだ。

――織尾さまたちが一件に関わっていると疑ってしまったが、そのことについては、なにもいわずにおこう。

紋之丞に別れを告げた功兵衛は糸吉とともに意気揚々と織尾屋敷をあとにした。

第三章

一

片瀬七右衛門を捕らえたという興奮は残っていたものの、寝つけなかったということもなく、明くる朝、功兵衛はいつも通りに出仕した。

功兵衛が五左衛門殺しの下手人を捕らえたことは詰所内の誰一人として知る由もなく、むろん話題に上ることもなかった。

昼休みになり、功兵衛は持参した弁当を食した。食後、茶を喫しながら伴蔵、大五郎と談笑していると、不意に詰所の外が騒がしくなった。襖がからりと開き、二人の侍が入ってきた。

「皆の者、殿のお越しである。控えられよ」

また斉晴がやってきたのだ。詰所にいる者全員が箸《はし》を置いたり、文机《ふづくえ》の上に湯飲みを載せたりして、あわてて平伏する。

功兵衛の目の端に、満面に笑みをたたえた斉晴の姿が入り込んだ。大股《おおまた》に敷居をまたぎ、まっすぐ功兵衛のほうへ向かってくる。

——殿は、また立ち合いのお誘いにいらしたのだな。

斉晴が功兵衛の前に立った。

「永見功兵衛」

朗々たる声で呼びかけてくる。ひれ伏したまま、はっ、と答え、功兵衛はさらに頭を低くした。

「今日から余に仕えよ」

えっ、と功兵衛は戸惑った。

——いま、余に仕えよ、とおっしゃらなかったか。俺はこれまでそのつもりで奉公してきたのだが。

しかも斉晴の用件は、剣術での立ち合いではなかった。頭が混乱する。

「功兵衛、我が小姓として、じきじきに余に仕えるのだ」

あまりの驚きに、なんとっ、と功兵衛は腰を浮かせそうになった。詰所内に、どよめいたものが走る。同僚たちも仰天しているようだ。

「功兵衛、承知か」

斉晴にいわれたが、なんと答えればよいか、功兵衛はわからなかった。

――いくら殿のお言葉といえ、この手の話は、上役の承諾を得ずともよいものなのか……。

功兵衛のそばに忠吾が、泡を食ってにじり寄ってきた。

「功兵衛、面を上げるのだ」

忠吾が急《せ》かすように功兵衛の背中を叩《たた》く。はっ、と功兵衛は顔を上げた。すると、まともに斉晴と目が合った。

人懐こい笑みを浮かべ、斉晴が功兵衛の文机の前に座り込む。

「功兵衛、聞いたぞ」

いったいなにを、と功兵衛は考えた。

「そなたの叔父《おじ》を殺した下手人を捕らえたそうではないか」

またしても同僚たちから、ざわめきの波が広がった。

「あっ、そのことでございますか」

「目付ですら自死だと騙《だま》されそうになった一件をそなたが解き明かし、下手人をものの見事に捕縛したのであろう。なんとも素晴らしきことではないか」

いえ、と功兵衛はかぶりを振った。

「お褒めの言葉をいただくまでのことではございませぬ。たまたまでございます」

「いや、国家老の高畠森四郎《たかはたもりしろう》から聞いたが、すごい働きだったというぞ。功兵衛、よくやった」

目付は国家老の支配下にある。おそらく今朝、目付頭の織尾紋之丞が五左衛門殺しの下手人捕縛を報告し、それを高畠が斉晴に伝えたのだろう。

「功兵衛、余はそなたのような人材を、そばに置いておきたいのだ」

功兵衛をじっと見て、斉晴が熱弁を振るう。しかし、功兵衛に即答できることでないことに変わりはない。

横から、殿、と忠吾が呼んだ。

「永見でよろしければ、どうぞ、御小姓として存分にお使いくださいませ」

顔を横に向け、斉晴が忠吾をじっと見る。

「そのほうは井上忠吾といったな」

「はっ、おっしゃる通りでございます」

斉晴が名を覚えていたことに、忠吾は身を震わせて感激している。

「功兵衛の上役であるそのほうがよいというのなら、功兵衛を我が小姓として引き取っても大事ないのであるな」

「もろもろ手続きは要るかと存じますが、まず問題ないものと……」

「ならば、永見功兵衛を明日より我が小姓といたす。本当は今日からでも引き取りたいところだが、さすがにそうもいかぬであろう。忠吾、異論はないな」

「もちろんでございます」

弾《はじ》かれたように忠吾がその場で両手をつく。

「ならば忠吾、功兵衛の転任の手続き、粛々と進めてくれ」

「承知いたしましてございます」

まさに鶴の一声といってよかった。功兵衛は普請方の同心から小姓になることが、たった今、この場で決定したのである。

——俺は明日から小姓だというのか……。

功兵衛自身、この出来事が信じられず、平伏したきり、ただ呆然《ぼうぜん》とするしかない。

「功兵衛、そなたの気持ちはどうだ。我が小姓となれて、どんな思いでおる」

斉晴にきかれ、功兵衛は少し考えてから顔を上げた。

「正直な気持ちを申し上げれば、戸惑っております。御普請方はそれがしが八年ものあいだ、必死に務め上げてきたお役目でございます。最近になってようやく、上役さまやご同輩の皆さまのお役に、少しだけ立てるようになってきたところでもございます」

息を入れ、功兵衛は少し言葉を切った。ぽかんとして忠吾が功兵衛を見ている。

功兵衛は控えめに斉晴に目を当てて続けた。

「御小姓という、なにも知らぬお役目にいきなり移るというのは、嘘偽りのないところを申し上げれば、それがしにはありがたくないことでございます」

「こ、これ、永見。いったいなにをいっておるのだ」

我に返ったらしい忠吾が斉晴の顔色をうかがうように見てから、功兵衛に強く命ずる。

「つまらぬことをいうでない。御前であるぞ。永見、そのことがわかっておるのか」

「はい、よくわかっております」

素直に忠吾にうなずいてみせて、功兵衛は斉晴に呼びかけた。

「しかし殿」

「はて、なにかな」

しばし黙り込んでいた斉晴が、興味深げな眼差《まなざ》しを向けてくる。

「殿からのお誘い、とてもうれしゅうございます。それがしは気持ちが高ぶってなりませぬ。御小姓として自らをなげうち、微力ながらも殿に力の限り尽くしたいと存じます」

そうか、と斉晴が晴れやかな声でいった。

「功兵衛は、我が小姓になれてうれしいのだな。それを聞いて、余は安心したぞ」

にこやかに笑んだ斉晴が功兵衛を見つめてくる。

「だが、功兵衛は一つ勘ちがいをしているようだな」

いきなりいわれ、功兵衛は、いったいなにを、と考えた。

「余はそなたを誘ったわけではない。小姓になるよう命じたのだ」

なるほど、と功兵衛は納得した。

「さようでございました。畏《おそ》れ入りましてございます」

満足したような顔で、斉晴がすっくと立ち上がった。

「功兵衛、では、明日また会おう。待っておるぞ」

くるりと体の向きを変え、斉晴が開け放されたままの襖《ふすま》へ歩き出す。二人の小姓が素早く後ろに続いた。

あっという間に詰所の外に出ていき、斉晴の姿が見えなくなった。こちらに向かって一礼し、小姓が音もなく襖を閉める。

そこまで見届けた途端、功兵衛は全身から力が抜けた。詰所内の全員が、どういうことだ、という目で功兵衛を見る。

永見、と叱責《しっせき》するような口調で忠吾が呼びかけてきた。

「おまえはいったいなにをしたというのだ。叔父を殺した下手人を捕らえたと、殿は口を極めて褒めていらしたが……」

はっ、と功兵衛は低頭し、昨日なにがあったか、あらましを説明した。

「ほう、そういうことであったか」

功兵衛を凝視しつつ忠吾は、さもありなんといいたげな顔をしている。

「そうか、水巻五左衛門どのは自死ではなかったのか。しかし、よく口と歯についた血から、自死でないと見抜いたものよ。永見、殿がおっしゃるように、実に大したものぞ」

「お褒めいただき、まことにありがとうございます」

「殿も、永見をそばに置いておけば、いつでも剣の稽古《けいこ》ができるというものだ。永見が手柄を立てたと耳にされたとき、それを千載の一隅と捉《とら》え、今こそ永見を小姓に迎えなければ、という気になられたのであろう」

ふと真顔になって、忠吾が功兵衛をまじまじと見る。

「しかし、まさかわしの配下がそのような手柄を立てるなど、夢にも思わなかった。皆も同じ気持ちであろう。永見は我が普請方の誇りである。わしはおまえを喜んで御小姓に送り出すぞ」

「ありがたきお言葉」

両手を揃え、功兵衛は頭を下げた。よし、といって忠吾がぽん、と手を打ち合わせた。

「永見。今日はもう帰れ」

えっ、と功兵衛は声を発した。

「それはどういうことでございましょう」

「おまえは明日から御小姓としての勤めがはじまるゆえ、いろいろ支度をせねばならぬ」

おっしゃる通りだな、と功兵衛は合点がいった。

「しかしお頭。小姓になるといっても、どのような支度をすれば、よろしいのでしょう」

「まずは、なんといっても着物であろうな。殿に近侍するのだ。おまえがいま着ている小袖《こそで》や肩衣《かたぎぬ》、袴《はかま》では少々薄汚くて駄目であろう」

薄汚いか、と功兵衛は思った。確かにその通りかもしれない。休みの日に小袖を洗濯するくらいのもので、もうずっと着続けているのだ。

では、と功兵衛はいった。

「着物を新調しなければならぬということでございますか」

「そういうことになろう」

「しかし、今から新調するといいましても、明日には間に合わぬでしょうし、正直なところ、先立つ物がございませぬ」

金がないか、といって忠吾が渋い顔をする。

「仕方がない。わしの小袖を貸してやろう。おまえには少々丈が合わず、不恰好《ぶかっこう》になるかもしれぬが、まあ、それでもその着物よりはましであろう。功兵衛、今宵《こよい》、屋敷に取りに来い」

それを聞いて功兵衛は、助かった、と安堵《あんど》した。

「承知いたしました。お頭、まことにかたじけなく存じます」

頭を下げ、功兵衛は心からの感謝の思いを口にした。

「永見、小袖はそれでよいとして、小姓にふさわしい肩衣、袴はあるのか」

「ございます」

「そうか、あるのならよい」

父の形見が屋敷にあるとは、なんとなく口に出しづらかった。

「お頭、お心遣い、まことにありがとうございます」

「わしがおまえにそのくらいのことをするのは、当たり前だ」

どういうことであろう、と功兵衛はまた思案した。

「おまえはこれまで、普請方の役人としてずいぶんがんばってきた。わしはおまえに口うるさくいったが、それは大きな望みを寄せていたからだ。わしが思っていた以上に、立派に育ってくれたものよ。正直にいえば、おまえを手放すのは惜しくてならぬ。だが、殿から望まれたというのも運命であろう。甘んじて受け入れるしかない」

いつしか忠吾が目を赤くしていることに、功兵衛は気づいた。

「よいか、永見」

厳かな声で忠吾がいった。

「はっ」

功兵衛は威儀を正した。

「殿のそばにお仕えする小姓というお役目は、今とは比べ物にならぬほど大変だぞ。殿のおそばに仕えるのだから、常に気を使わねばならぬ。鑢《やすり》をかけるように心を磨《ず》り減らすといわれている」

そうだったのか、と功兵衛は甘く見ていたおのれを知った。もし斉晴の身に万が一があれば、腹を切らねばならないだろう。

「だが、おまえなら必ずやれる。小姓組には二十四人の小姓がおるが、二十五人目のおまえこそ、最も素晴らしい小姓になるはずだ。わしはそのことを信じて疑っておらぬ。永見、いや、功兵衛。八年ものあいだ我が普請方に忠実に勤仕してくれたこと、心より感謝いたす」

忠吾が深々とこうべを垂れた。他の者たちも同じように低頭する。

そのさまを目の当たりにし、功兵衛は胸が熱くなった。

「畏れ多いことでございます」

下を向き、功兵衛は両手を改めて畳についた。手の甲に、ぽたりぽたりとしずくが落ちていく。

「よし、功兵衛、屋敷に戻るのだ。泣いておる暇などないぞ」

忠吾にいわれたが、功兵衛はすぐには立てなかった。しばらく手をついたまま、じっとしていた。

ようやく涙が止まった。功兵衛は顔を上げ、忠吾を見た。

そばに座っている伴蔵や大五郎も、もらい泣きをしたような目で見ている。他の者たちも同様である。

伴蔵たちになにをいえばよいか、功兵衛はわからなかった。

「至らぬそれがしを今日までご指導いただき、まことにありがとうございました」

「功兵衛、しかし今日がこの詰所に来る最後ではないぞ」

思いがけない言葉を忠吾がかけてきた。

「明日は常より一刻《いっとき》ほど早く、ここに来てくれぬか。仕事の受け継ぎをしなければならぬ」

「はっ、承知いたしました」

今日、してもよいのだろうが、そんなことをしていると、功兵衛が明日に備えて支度する時間がなくなってしまうかもしれない。そのあたりを慮《おもんぱか》り、忠吾は明日にしようといってくれているのだ。

「よし、功兵衛、帰るのだ」

忠吾に命じられ、功兵衛は顎《あご》を引いた。

「わかりましてございます」

深々と辞儀し、功兵衛は詰所をあとにした。大手門から城外に出て、玄関近くに座り込んでいる糸吉に声をかけた。

「あっ、殿、こんなに早くどうされました。お腹《なか》の具合でも悪いのでございますか」

あわてて腰を上げて糸吉が問うてきた。

「いや、そうではない」

功兵衛は糸吉にわけを語った。ええっ、と跳び上がらんばかりに糸吉が驚愕《きょうがく》する。

「明日から殿は、御小姓になられるのでございますか」

「そういうことだ。今でも夢を見ているような気分だ」

「そうでしょうねえ。もちろん、ご出世なのでございますね」

「普請方の同心から小姓だ。まず出世といえるであろう。だが、加増の話はまったく聞いておらぬ」

「禄高《ろくだか》が上がれば、よろしゅうございますね」

「ああ、まったくだな。少しは暮らしのきつさが和らぐとよいのだが……」

糸吉とともに歩きはじめた功兵衛は、今でも信じられない思いで一杯である。

――まさか片瀬七右衛門を捕らえただけで、運命が大きく変転するとは……。俺はただ叔父上《おじ》の仇《あだ》を討ちたかっただけなのに。

満開に近づきつつある桜の下、功兵衛は歩みを進めた。どこか雲を踏むような感じだ。

やがて竹園町の屋敷に着いた。木戸門をくぐり、屋敷内に入った功兵衛は茶の間に落ち着いた。

――小姓として出仕するにしても、着物のほかになにを支度すればよいのだろう。

途方にくれる思いだ。どうすればよいのかわからず、功兵衛はごろりと畳に横になり、目を閉じた。

――ああ、気持ちよいな。

加瀬津の地は今まさに春を迎えようとしており、屋敷内も暖かさが感じられた。

――こんなことをしていると、寝てしまいそうだが、寝るわけにはいかぬ。

そんな真似をしたら、なんのために忠吾が早く帰るようにいってくれたか、わからなくなってしまう。

功兵衛は目を開け、上体を起こした。畳に置いてある刀を引き寄せ、すらりと抜いた。刀身に曇りが感じられた。

すぐさま打粉や丁字油、油紙、拭紙《ぬぐいがみ》を用意した。それらを使って刀の手入れをしていく。

功兵衛の愛刀は名刀というほどのものではないが、斬れ味は抜群だ。戦国の昔から永見家に伝わる刀で、銘は相模国行尋《さがみのくにゆきひろ》とある。

愛刀の手入れを終え、刀架に置く。功兵衛は納戸に行き、箪笥《たんす》から肩衣《かたぎぬ》と袴《はかま》を取り出した。いずれも父のものである。

長いあいだ箪笥に入れてあり、毎年、夏の土用の頃に虫干しをしてきたとはいえ、さすがに虫に食われていないか気になった。

功兵衛は肩衣と袴を丹念に見た。うむ、と心中でうなずいた。

――これなら大丈夫であろう。どこにも穴は空いておらぬ。

ほっとした。これでもし虫に食われていたら、どうすればよいか、途方に暮れていたところだ。

父が着用していた肩衣や袴はいつか生きて戻ってくるものとして、使うことなく大事に取っておいた。

――しかし、もうよかろう。

功兵衛の肩衣と袴はだいぶ擦り切れてきており、斉晴に近侍するのにふさわしいものではない。

——父上、使わせていただきます。

瞑目《めいもく》して功兵衛は勝兵衛に告げた。箪笥から新しい足袋《たび》も出した。

——ほかになにが要るだろう。

考えてみたが、見当もつかなかった。これで十分なような気がしないでもない。

少し腹が空《す》いてきた。夕餉《ゆうげ》の刻限までまだだいぶあるが、功兵衛は支度をはじめることにし、台所に下りた。

米を研いでいる最中、外から呼びかけてくる者があった。来客のようだ、と功兵衛は手を止めた。

家の掃除に励んでいたらしい糸吉が応対に出る。殿、とすぐに台所にやってきた。

「お客さまでございます」

「どなただ」

「なんでもお殿さまのお使いだそうで」

「殿のお使い……」

斉晴が使者をよこしたというのか。なんのために、と首をひねりつつ功兵衛は台所を出て玄関に向かった。

三和土《たたき》に一人の侍が立っていた。こざっぱりとした服装をし、顔つきもきりりと引き締まっている。風呂敷《ふろしき》包みを抱えていた。

「それがしが永見でござる」

一礼し、名乗ってから功兵衛は式台に端座した。侍が名乗り返してくる。

「それがしは稲垣分蔵《いながきぶんぞう》と申します。殿の小姓を務めております」

張りのある声でいった。歳は三十前後であろう。

分蔵が鋭い目で見つめてくる。ほう、と吐息を漏らした。

「殿がおっしゃるように、確かに大した遣い手でいらっしゃるようだ。それがしも剣術にはそれなりの自信がありもうすが、永見どのには遠く及ばぬ」

「畏《おそ》れ入ります」

同時に功兵衛も分蔵の腕を計っていた。遣いそうではあるが、斉晴ほどではない。

「永見どのは、明日から我らとともに働くことになると、殿からうかがっております」

「おっしゃる通りでございます。どうか、よろしくお願いいたします」

両手をつき、功兵衛は深く頭を下げた。

「こちらこそ、よろしくお願いします」

会釈をして分蔵が風呂敷包みを差し出してきた。

「永見どの、これをお受け取りください」

手渡された風呂敷包みはあまり重さを感じなかったが、四角い木箱が入っているらしいのが知れた。

「こちらは」

風呂敷包みを手にして、功兵衛は分蔵にたずねた。

「小袖《こそで》に裃《かみしも》が入っております」

「えっ、着物でございますか」

「さよう。殿は、着物のことで永見どのが困っているのではないかとおっしゃり、簞笥にしまっている着物から、永見どのに合いそうな着物を同朋《どうぼう》に選ばせたのでございます」

なんと、と功兵衛は驚いた。

「殿はそこまでしてくださったのですか」

「よほど永見どののことが、お気に召されたのでしょうな」

うれしそうに分蔵が笑う。

「なんとありがたいお心遣いか……」

「永見どの、明日は殿からの贈り物を身に着け、おいでくだされ」

分蔵がにこにことしていった。

「承知いたしました」

功兵衛は深く低頭した。

「では、それがしはこれで失礼いたします」

「あっ、稲垣どの。しばしお待ちくだされ」

「なんでござろう」

分蔵が功兵衛に向き直る。

「御小姓になるに当たり、なにか要る物はございましょうか」

下を向き、分蔵が少し考える。

「殿はお優しく、ざっくばらんなお方ゆえ、身につける物に関しては、これといってござらぬ」

言葉を切り、少し間を置いてから分蔵が続ける。

「それ以外では、道理に外れぬ心を持つことが肝要でござろうな」

「とおっしゃると」

「殿は正義のお心がことのほか強いお方ゆえ、人が進むべき正しい道をわきまえぬ者には、烈火の如くお怒りになる」

そういうことか、と功兵衛は思った。

「よくわかりもうした」

「あとは茶坊主に心づけを渡したいところでござるが……」

「なにゆえ」

「茶坊主は我らと同様、殿のお世話をするのだが、同時に我らにも世話を焼いてくれるのでござる。心づけを渡すか渡さぬかで、待遇がかなりちがってくるので……」

「あの、いかほど包めばよろしいのですか」

「茶坊主は六人おります。一人一両として六両は要るかと……」

「えっ、六両でございますか」

息をのみ、功兵衛は絶句した。

「そのような大金は、どんなにがんばっても無理でございます」

「さようか」

分蔵が、致し方あるまいというような顔になった。

「あの、心づけを渡さぬと、なにか嫌がらせをされるということがございますか」

「嫌がらせはないと存ずる。そのようなことが殿にばれたら、即刻追放でござろう」

それならよい、と功兵衛は思った。

「では、これで失礼いたす」

軽く頭を下げて、分蔵が袴《はかま》の裾《すそ》を翻した。功兵衛は立ち上がり、雪駄《せった》を履いた。

風呂敷包みを持ったまま外に出る。

玄関の外には、分蔵の供の者が二人立っていた。供とともに木戸門を出ていく分蔵を、功兵衛は腰を折って見送った。

分蔵の姿が見えなくなったところで屋敷に戻り、茶の間に向かう。

――しかし茶坊主に六両とは、驚きだ。

首を振りながら畳の上に置いて風呂敷包みを解くと、案の定、木箱が入っていた。辞儀をしてから功兵衛は蓋《ふた》を開けた。分蔵がいった通り、中には小袖と裃が入っていた。じっと見ているだけで、素晴らしさが伝わってくる。ため息が出そうだ。

「これはすごい」

功兵衛は小袖を手に取ってみた。手触りもふっくらとしており、きめ細やかさが感じられる。

――これはお大名が着用される類《たぐい》のものだな。自分のような身分の者が、身につけてよい代物ではない。

もし、この着物が斉晴の持ち物だとしたら、小さすぎる。おそらく先代の継親のものではないか。

——いや、そうではないな。

すぐに功兵衛は考え直した。継親は本丸御殿から二の丸御殿に移ったが、その際、自分の着物はすべて持っていったはずだ。斉晴が自由にできるような継親の着物は、本丸御殿には残っていないだろう。

——だったら、これはいったい……。

誰の物だとしても、とにかく、もったいない、という気持ちにしかならない。

だが明日、もし別の衣服で功兵衛があらわれたら、斉晴は落胆するにちがいない。

——ほかに手はない。これを着ていくしかないのだ。

腹に力を入れ、功兵衛は決断した。

「おや——」

ふと、箱の底に一枚の紙が置かれているのに気づき、手に取った。

斉晴の直筆なのか、『余に剣術を教えよ』と達筆で記されていた。

——なんと、俺が殿の剣術の師匠になるというのか。

あまりに畏《おそ》れ多く、功兵衛は恐縮するしかない。だが、斉晴の命では従うしかない。もっとも、功兵衛には誇らしさもあった。

——唯一の取り柄である剣術で、ついに身を立てることができたぞ。

俺はまちがっていなかった、と功兵衛は感激の波に心を浸した。これまでの日々の努力と鍛錬が無駄にならなかったことが、たったいま証明されたのである。喜びで心が満ちてくる。しばらく放心したようにその場を動かずにいたが、そうだ、と一つ思い出した。

——お頭のお屋敷に行かねばならぬ。

もう下城した忠吾は、功兵衛のために小袖を用意してくれているはずだ。それを断りに行かねばならない。

小袖と裃を丁寧に木箱に戻し、蓋をした。外から薪《まき》割りの音がしている。

功兵衛は立ち上がって台所に行き、勝手口から庭を見た。薪割りに精を出している糸吉を呼ぶ。

「なんでございましょう」

鉈《なた》を置き、糸吉が功兵衛の前にやってきた。

「今から井上さまのお屋敷にまいる。供をしてくれ」

同じ組屋敷内だから、忠吾の屋敷は指呼の間にあるが、侍は一人で出歩くわけにはいかない。

「承知いたしました」

夕暮れの気配が漂う中、功兵衛は糸吉を連れ、忠吾の屋敷に向かった。

二

明くる朝、功兵衛は斉晴から贈られた着物で身なりをととのえ、いつもより一刻《いっとき》ばかり早く屋敷を出た。歩きながら桜を見上げると、開花は一段と進んだように感じられた。

登城し、詰所に赴く。文机《ふづくえ》に書類を置いて仕事をしていた忠吾が、功兵衛の着物を見て目をみはった。

「話に聞くよりも、ずっと素晴らしいではないか。なんともすごい着物を贈られたものよ」

「それがしも身が縮む思いでございます」

正直、これだけの着物に体を包むことに、気恥ずかしさもあった。

「しかしよく似合っておるぞ。功兵衛のために誂《あつら》えられたようではないか」

「畏れ入ります」

その後、詰所で仕事の引き継ぎを行う前に、功兵衛が小姓に転任するという上からの達しを、詰所の隅で忠吾が見せてくれた。

そこには禄高《ろくだか》が書かれており、功兵衛の目は一瞬で引きつけられた。

――なにかのまちがいではないか。

そこには、倍以上の百石に加増されると記されていたからだ。

――信じられぬ。

驚きが強すぎて、鯉のように口をぱくぱくさせそうになった。

「功兵衛、これだけの禄をいただくのだ。新たに家臣を雇い入れねばならぬぞ」

舞い上がっている功兵衛に釘《くぎ》を刺すように、忠吾がいった。功兵衛は、はっとして忠吾を見つめた。

「あの、どれほどの人数を雇わねばなりませぬか」

「我が竹坂家においては、百石につき士分二人と規定されておる。おまえはすでに足軽として糸吉を抱えているゆえ、あと一人、足さねばならぬ」

糸吉はほとんど下男のような扱いだが、身分としては足軽である。これまでの四十石という禄だと、士分を一人、雇い入れなければならなかったからだ。他家のことは知らないが、竹坂家では足軽は士分に組み入れられている。

「雇うのは誰でも構わぬのでございますか」

「糸吉はどういう伝《つて》で雇った」

功兵衛をじっと見て忠吾が問うてきた。

「父上に仕えていた創吉《そうきち》という者の子で、創吉の死後、それがしの足軽になりました」

「糸吉に兄弟はおらぬのか」

「おりませぬ」

そうか、と忠吾がつぶやく。

「やはり功兵衛の縁者から雇い入れるのがよかろう。もし縁者に、それとふさわしい者がいなければ、わしが捜してやってもよい」

「それは心強いお言葉」

忠吾の目は確かだから、きっとよい人物を雇い入れられるのではないか。

「だが、それは最後の手段だ。まずはおまえがしっかり捜すのだ」

功兵衛に厳しい眼差《まなざ》しを注いで、忠吾が命じてきた。

「承知いたしました」

その後、伴蔵、大五郎などの同僚たちすべてに挨拶《あいさつ》して回った。功兵衛が身につけているきれいな着物を見て目を丸くしつつも、大変だろうががんばってくれ、功兵衛なら必ず務まる、文官から武官になるなど俺たちの誇りだ、などといってくれた。

中には、加増されるなどうらやましくてならぬ、と口にする者もいたが、その気持ちは功兵衛にもよくわかった。普請方はあまりに俸禄が少ないのだ。

これまで普請方の役目を遂行するために功兵衛は全力を尽くしてきたが、自分が抜けるからといって、別に仕事に支障が出るということはなさそうだ。功兵衛が普請方を出ていくに当たり、なんの不都合も生じそうになかった。

そのことに、功兵衛は一抹の寂しさを覚えた。だが禄が増え、屋敷が城の近くになりそうなことについては、素直にうれしかった。

――しかし、いきなり六十石も加増されるのだ。小姓というお役目がいかに大変で、大事かという証《あかし》でもあろう。褌《ふんどし》をしっかりと締めて、かからねばならぬ。

丹田に力を込め、功兵衛は覚悟を決めた。

「よし、功兵衛。これで終わりだ。さあ、殿のもとへ行くのだ」

忠吾に温かく背中を叩《たた》かれ、功兵衛は詰所をあとにした。見送ってくれる者たちすべてに辞儀してから畳廊下を歩き出したが、正直、後ろ髪を引かれる思いだ。

――御小姓として初の出仕か。お頭は大丈夫だとおっしゃったが、果たして俺に務まるのか……。

不安が大きい。緊張のしすぎで、胸が痛いほどになっている。足も重く、一歩一歩がひどく遅い。

畳廊下を五間ばかり行ったところで、功兵衛は足を止めた。昨日、着物を届けてくれた分蔵が立っていたからだ。

「殿の命で、お迎えにまいった」

功兵衛を見て分蔵がにこりとした。その笑顔を目の当たりにして、功兵衛は肩から力が抜けるのを感じた。

――なんと、ありがたい……。

助かった、と功兵衛は心からの安堵《あんど》を覚えた。同時に少しだけだが、緊張が解《ほど》ける。

「正直、どんな顔をして御小姓の詰所に入っていけばよいか、わからずにおりました。稲垣どの、まことにかたじけなく存じます」

ふふ、と分蔵が微笑する。

「実をいえば、それがしも御小姓として初めて出仕した日は、今の永見どのと同じでござった。あの日の尋常でない気の張り詰めようは、今も体に染みついたきりでござるよ」

稲垣どのでもそうだったのか、と功兵衛は少し安心した。

――このようなことを包み隠さず話してくれるとは、稲垣どのは優しい人なのだな。人品を見定めるように、分蔵が功兵衛の身なりをじっくりと見る。うむ、と深くうなずいた。

「実によく似合ってござる。やはり殿の着物を見る目は、確かでいらっしゃる」

一人悦に入ったように分蔵が笑う。

「あの、それがしがいま着ている着物はどなたのものでございましょう」

「殿のすぐ下の弟御のものでござる」

こともなげに分蔵が告げた。

「えっ、では将軍さまのお血筋……」

「諱《いみな》を斉常《なりつね》公、通称は段九郎《だんくろう》さまとおっしゃり、殿とはずいぶん仲よくされていらしたが、五年ほど前に残念ながら亡くなってしまわれた。そのお着物は、段九郎さまの御形見にござる」

――そのような大事な物を、殿はくださったのか……。

功兵衛は喜びを覚えたが、同時に重さも感じた。

「段九郎さまも剣の遣い手でござった。もしかすると、殿よりもお強かったかもしれぬ。よく庭に下りては、二人で竹刀を打ち合っていなされた……」

おや、というように分蔵が功兵衛の顔を見直す。すぐに首を横に振った。

「いま一瞬、永見どのが段九郎さまのように見えたが、勘ちがいにござった。着物のせいでござろう」

「さようでございますか……」

ふう、と功兵衛は息をついた。これで弟に瓜二つ《うりふた》つだなどといわれていたら、さらに気持ちが重くなったところだ。それに、弟に似ていたから小姓に取り立てられたと思われるのも、うれしいとはいえない。

「さあ、永見どの、まいりましょう」

軽く手を振って、分蔵が功兵衛をいざなう。はっ、と答えて功兵衛は歩き出した。

ところで、と分蔵が語りかけてくる。

「永見どのは囲碁や将棋はなさるのか」

「両方とも心得はございますが……」

「お強いのかな」

小首を傾げて分蔵がきいてくる。

「いえ、さほどのことは……」

「それは謙遜《けんそん》でござるか。本当のところをお聞きしたいのだが」

「謙遜でなく、強くありませぬ。それがしは、まちがいなく下手なほうでございましょう」

「ならば、殿のお相手は無理であろうか……」

眉根《まゆね》を寄せて分蔵が首をひねる。

「殿は囲碁や将棋もお強いのでございますか」

さよう、と分蔵が肯定した。

「二十四人いる小姓衆で、まともにお相手ができるのは、ほんの二、三人でござる」

「ならば、まことにお強いのでございますね」

「小姓衆の囲碁、将棋の実力に、物足りなさを感じておられるのは事実でござろう。実は、それがしも囲碁や将棋はからっきしで……」

情けなさそうに分蔵が鬢《びん》をかく。

「それがしも稲垣どのと同様、殿のお相手にはなりますまい」

もともと功兵衛は、囲碁や将棋の類《たぐい》はあまり好きではない。やはり、剣術のように体を動かすほうが性に合っている。

表御殿の最も奥まった場所まで来て、分蔵が足を止めた。この先には頑丈な扉がしつらえられてあり、それを抜けると、渡り廊下があると功兵衛は聞いている。渡り廊下の突き当たりに、錠が下りた頑丈な扉がまたあり、その扉の向こうが奥御殿になっている。

「さあ、詰所に着きもうした」

功兵衛の横に、春の海が描かれた襖《ふすま》があった。ここまで奥に来たのは、功兵衛にとって初めてのことだ。

分蔵が襖をからりと開けた。

「どうぞ、お入りあれ」

功兵衛は中に導き入れられた。十畳ほどの広さを持つ座敷には十数台の文机《ふづくえ》が並んでおり、四人の男が固まって座していた。

──今日は、これだけしかおらぬのか。

功兵衛は四人の前に進み、端座した。

「永見功兵衛と申します。どうぞ、よろしくお願いいたします」

畳に両手をつき、深く頭を下げた。四人が次々に名乗り返してくる。

大貫宰蔵《おおぬきさいぞう》、宮西台右衛門《みやにしだいえもん》、笹川相兵衛《ささがわそうべえ》、川中雄之進《かわなかゆうのしん》という四人だった。歳にはばらつきがあるが、いずれも育ちのよさそうな顔つきと身なりをしている。

「永見どのは遣い手だそうですね」

目を輝かせて宰蔵がいきなりいった。

「殿を一撃で倒されたと、うかがいました」

宰蔵は功兵衛と同じくらいの年齢だろうが、どこか幼さを感じさせる声をしていた。

「いえ、たまたまです」

「それはあり得ませぬ」

強い口調で相兵衛が否定する。こちらは四十近いだろう。

「殿を倒すのに、たまたまなどということは決してありませぬ。永見どのは、真の実力をお持ちということなのでしょう」

「畏《おそ》れ入ります」

功兵衛は頭を下げた。すぐに顔を上げて、相兵衛にたずねる。

「あの、殿は今どちらに」

「大書院で政務についていらっしゃる」

これは台右衛門が教えてくれた。歳は四十をいくつか過ぎているようで、小姓としての経験が深そうに見えた。

「永見どの」

力んだような口調で、雄之進が呼びかけてきた。こちらは功兵衛より歳下のようだ。二十をまだいくつも出ていないのではないか。

「永見どのを含め、いま殿にお仕えする小姓は二十四人おります」

「えっ、それがしを入れて、でございますか。二十五人ではなく……」

さよう、と雄之進が点頭した。

「二十代の一人が重い病にかかり、快復は叶《かな》わぬということで、つい最近、隠居が決まったのでござる。その者に跡継ぎはおりますが、まだ歳が若く、出仕には早すぎるということで、大きな手柄を立てたばかりの永見どのに白羽の矢が立ったのでござる」

そういういきさつだったのか、と功兵衛は思った。病のせいで二十代という若さにもかかわらず隠居を余儀なくされた者に対し、申し訳ないという気持ちが湧き上がってくる。

「二十三人の小姓はすべて、殿が竹坂家に婿入りされたときに江戸からついてきた者ばかりでござる」

功兵衛にとってそれは初耳だった。

「では」

さよう、と雄之進がまたいった。

「永見どのが、この地で採用された初の小姓になりもうす」

それは責任が重いな、と功兵衛は感じた。

――下手は打てぬ。もし俺がへまをしたら、次に続く者の道が閉ざされてしまう……。

「ほかの御小姓の方たちは、今なにをされているのでございますか」

「三十四人のうち、半分が非番でござる。非番は二日に一度、やってまいります」

えっ、と功兵衛は声を上げた。

「そんなに休みがあるのでございますか」

それは意外だった。

「朝から明くる日の朝まで勤めたら、次の朝まで休みでござる」

朝から朝までか、と功兵衛は思った。

「丸一日、勤仕するのでございますね」

「夜を徹するのは、宿直《とのい》の役目があるからでござる。むろん仮寝はできます」

「わかりました」

「当番の十二人のうち、六人がいま殿のおそばについております。一刻《いっとき》おそばに仕えたら、交代になります」

――なんと、たった一刻とは……。

「そんなに短いのでございますか」

「殿のおそばに仕えるのは、やはりかなり気を使うのでござる。気を休めるために、その長さになったようでござる」

なるほど、と功兵衛は相槌《あいづち》を打った。

――体より先に、心がへばってしまうのだな。せいぜい一刻ほどの刻限に留《とど》めておかねば、気持ちが続かず、殿に無礼をはたらいたり、思いもかけぬ事故が起きたりしてしまうのかもしれぬ……。

小姓の過酷さを思い知ったような気分だ。

「一刻が過ぎたら殿のおそばを離れ、また一刻したらおそばにまいるということを、昼間のあいだは繰り返すのでござる」

「夜は」

「二刻ごとの三交代になります。十二人が三組に分かれ、二刻ごとに寝ずの番につきます。宿直が終わったら、その日の勤めはしまいと思ってよろしゅうござる」

「わかりましてございます。ご丁寧にありがとうございました」

雄之進に感謝の意を示してから功兵衛は、あの、と分蔵に声をかけた。

「昨日、稲垣どのは出仕なされていましたね。しかし、今日は非番ではないようでございます。それは、どういうことでございましょう」

「それがしが、小姓頭取並という役目についているからでござる」

明快に分蔵が答えた。偉い人だったのだな、と功兵衛は思った。

「小姓衆は二組に分かれているが、小姓頭取並はそれぞれの組に一人ずつおる。永見どのがうちの組に入ることが決まったゆえ、それがしは昨日、非番でござったが、殿からお呼びがかかり、登城したのでござる」

「それがしのことで、非番を潰《つぶ》すことになり、申し訳ない気持ちでございます」

「いや、そのようなことで謝ることはない。小姓頭取並なら当然のこと」

平然と分蔵がいった。

「それから、小姓頭取という頭取並よりも上の者もおるが、それはいま若年寄《わかどしより》の内《うち》橋玄蕃《はしげんば》さまが兼任されておる」

そのことは家中の事実として、功兵衛も知っていた。

「ああ、それから──」

分蔵が部屋の最も右の端を指さした。

「永見どのの机はそちらでござる」

一番うしろの右端に置かれている文机《ふづくえ》であろう。

「わかりました」

「四つになったら我らも大書院にまいる。もうそろそろでござろう」

分蔵が口を閉じたとき、どこからか四つを知らせる鐘が響いてきた。

「案の定だ。では、まいろうか」

分蔵が立ち上がり、他の四人も腰を上げた。功兵衛もそれに倣《なら》った。

六人で詰所を出て大書院に向かう。小姓の詰所からは、三間ほどしか離れていなかった。

「失礼いたします」

分蔵が張りのある声を発し、大書院の横の襖《ふすま》を開けた。

中は十畳ほどの広さがあり、床の間には霞《かすみ》のかかった春の山が描かれた軸が下がり、明かり障子の前には、文机の代わりとなる付書院がしつらえられていた。目をみはるような出来の違棚に床柱、床框《とこがまち》もあった。

一段高くなった場所に大きめの文机が置いてあり、その前に斉晴が座していた。

書類に目を落とし、筆を手にしているところから、なんらかの裁定の最中であることが知れた。

功兵衛たち六人は、部屋の端に膝《ひざ》を揃えて座った。

斉晴がその書類に筆を少し入れたところで、そばについていた小姓が小声で、なにかささやいた。交代の刻限でございます、といったように見えた。

「おっ、もうそんな刻限か……」

面を上げた斉晴の目が功兵衛を捉《とら》えた。

「おう、功兵衛」

すっくと立ち上がり、斉晴が功兵衛の間近にやってきた。

「よく来た。うむ、わしの見立て通り、よく似合っておる」

斉晴は功兵衛を見てにこにこしている。

「どこか段九郎に似ているように見えるな」

「それは殿の勘ちがいに過ぎませぬ」

斉晴についてきた小姓が歯に衣着《きぬき》せずにいった。その口調には棘《とげ》があった。新参者の功兵衛に、よい感情を抱いていないようだ。

「熊太郎《くまたろう》、いま勘ちがいといったか」

気に障《さわ》ったか、斉晴がぎろりと瞳《ひとみ》を向けた。はっ、と熊太郎と呼ばれた小姓が畳の上でかしこまる。

「永見どのとやらと、段九郎さまとはまったく似ておりませぬ」

「そうか、似ておらぬか」

「それに、永見どのとやらは、殿より歳上でございましょう。段九郎さまに似ているというのには、無理がありもうす」

「相変わらず熊太郎は、ずけずけとものをいうな」

斉晴が苦笑する。熊太郎は明らかに功兵衛のことを気に入っておらず、それを隠そうともしていない。

「どうやら熊太郎は、功兵衛に張り合う気らしいぞ。熊太郎もなかなかの遣い手だ。功兵衛のことを、上と認めたくないのであろう」

功兵衛は熊太郎を控えめに見た。斉晴がいうほどの腕ではないように感じた。

――小姓衆では最も強いかもしれぬが、やってみるまでもない。俺が負けることはあり得ぬ。

「功兵衛、熊太郎は実に勇壮な剣を遣うぞ。すさまじい膂力《りょりょく》の持ち主でもある」

「それは素晴らしい」

当たり障りのないことを功兵衛はいった。ただし、その言葉に熊太郎は、むっときたようだ。見下されたと思ったらしい。

「殿、永見どのと立ち合ってもよろしゅうございますか」

憤然として熊太郎が申し出る。

「おっ、熊太郎、やりたいのか」

「はい、殿が称賛する永見どのと立ち合いとうございます」

熊太郎という男は、本丸の中庭で行われた斉晴と功兵衛の立ち合いを見ていないようだ。あの日は非番だったのだろう。

熊太郎の言葉を受けて斉晴が、功兵衛、と呼びかけてきた。

「そなたはどうだ。立ち合えるか」

妙な仕儀になったな、と功兵衛はわずかに戸惑いを覚えたが、斉晴を見つめてはっきり答えた。

「もちろんでございます」

どんな者が相手であろうと、これまで命を懸けてきた剣術で、後れを取るわけにはいかない。

――ありたけの力を出さねばならぬ。

もっとも、全力を振り絞らずとも、熊太郎には勝てるだろう。

——確かに力は強そうだが、技のほうは殿にも遥《はる》かに及ばぬ。

ふむ、と斉晴がうれしそうに鼻を鳴らした。

「さっそく功兵衛の技の一端を見られるか。それは楽しみだ」

斉晴がにこやかに笑った。今の言葉が熊太郎の気持ちを逆なでしたことに、気づいていないようだ。

——いや、聡明《そうめい》な殿が気づいておられぬわけがない。むしろ殿は、熊太郎どのをけしかけられたのではあるまいか……。

「よし、庭に行くぞ」

功兵衛は、斉晴に先導されるように中庭に出た。他の小姓たちもぞろぞろついてきた。功兵衛は足袋《たび》を脱いで裸足《はだし》になり、白砂が敷かれた中庭に下り立った。

いつ用意したのか、分蔵が一本の紐《ひも》を渡してきた。

「襷掛《たすきが》けをしてくだされ」

——殿のことゆえ、この手のことがよくあるのかもしれぬ。そのために、稲垣どのは常に紐を持っているのではあるまいか。

紐を受け取り、功兵衛はいわれた通り襷掛けをした。懐に落とし込んでいた手ぬぐいで鉢巻をし、股立《ももだち》も取った。

最後に、分蔵が竹刀を差し出してきた。

「かたじけない」

会釈して功兵衛は受け取り、軽く振った。それが目にも留まらなかったようで、小姓たちから、おう、という驚きの声が漏れた。

熊太郎も支度をととのえた。戦意を露《あら》わに、功兵衛をにらみつけてきている。

「よし、二人ともこちらへ」

斉晴が功兵衛たちに、庭の真ん中に来るように命じた。自ら審判役を務めるようだ。

熊太郎が斉晴が手のひらで示す位置に立った。竹刀を手に功兵衛は歩み寄った。

「両名とも防具はつけておらぬゆえ、寸止めにするほうがよいか」

殿、と強い口調で熊太郎が呼びかける。

「存分にやり合いとう存じます。寸止めはなしで、お願いいたします」

熊太郎の言葉に、斉晴が功兵衛を見る。

「功兵衛はどうだ。それで構わぬか」

「もちろんでございます」

「ならば、寸止めはなしだ」

不意に斉晴が功兵衛をじっと見てきた。功兵衛は、怪我をさせぬ程度にやってくれ、といわれたような気がした。

実力の差は埋めきれないものがある。もし功兵衛が手加減せずに竹刀を振るえば、熊太郎が怪我することが、斉晴には見えているのだろう。

咳払《せきばら》いをしてから斉晴が功兵衛と熊太郎に語りかける。

「本来なら、仕事に励んでおらねばならぬ刻限だ。それゆえ勝負は一本といたす。二人ともそれでよいな」

「望むところ」

舌なめずりするように熊太郎がいった。

「それがしもけっこうでございます」

よし、とつぶやいて斉晴がやや後ろに下がった。

「はじめっ」

さっと手を振り、斉晴がよく通る声で告げた。それと同時に熊太郎が突進してきた。足は速く、一気に功兵衛に迫ってくる。功兵衛を間合に入れるや、竹刀を上段から落としてきた。

なかなか鋭い振り下ろしではあったが、功兵衛はあっさり横によけた。空を切った熊太郎の竹刀が猛然と跳ね上がり、功兵衛の胴を狙ってくる。功兵衛はそれもかわした。

熊太郎が逆胴に竹刀を振ってきた。功兵衛は後ろに下がった。竹刀が腹をかすめていくが、当たらない。功兵衛は熊太郎の竹刀を見切っていた。

なおも熊太郎が竹刀を振ってくる。今度は下段からの振り上げである。

ここで初めて功兵衛は竹刀を遣い、熊太郎の竹刀を打ち据えた。がしん、という音とともに竹刀が弾《はじ》き返され、熊太郎が白砂をにじるように後退した。あまりの衝撃の強さに、瞠目《どうもく》している。

すぐさま体勢を立て直すと、きえー、と声を張り上げ、またしても突っ込んできた。猪突《ちょとつ》の勢いである。

――あまり長引かせぬほうがよいな。

功兵衛は勝負を決める気になった。熊太郎には隙がいくつか見えていた。どこを攻めるか、と功兵衛は考えたが、体が勝手に動き、右側に足を踏み出していた。

それだけで熊太郎が当惑の顔になった。功兵衛を見失ったのだ。

――よし、やるか。

功兵衛は竹刀を軽く振った。びしっ、と鋭い音が立った。熊太郎の横面に竹刀が決まったのだ。

あっ、と声を発し、熊太郎が体をぐらつかせた。竹刀を取り落としそうになったが、なんとかこらえる。

「一本」

甲高い声で宣し、斉晴が高々と手を上げた。

「まだまだ」

ふらつきながらも熊太郎が功兵衛に向かってきた。戦ってよいのかわからず、功兵衛は斉晴を見た。

斉晴は呆《あき》れたような表情をしていたが、仕方あるまい、と口にしたように思えた。

――ならば、今度は立ち上がれぬ程度にするのがよかろう。

どうりゃあ、と気合を全身にみなぎらせて、熊太郎が功兵衛の顔に竹刀を打ちつけようとした。竹刀を上げ、功兵衛はそれをがっちりと受け止めた。

鍔迫《つばぜ》り合いになった。膂力《りょりょく》に自信があるらしい熊太郎が、しめた、という顔になり、ぐいぐいと押してきた。

だが、功兵衛は一歩も退《ひ》かない。逆に熊太郎を押し返していく。

ずずず、と白砂の上を熊太郎の足が滑っていった。信じられぬという顔で、熊太郎が功兵衛の前進を必死にとどめようとする。

しかし功兵衛は腰に力を込め、熊太郎を竹刀で押していった。それでも熊太郎は必死に耐えようとしている。顔が朱に染まっている。

——さすがに力はあるな。では、これでどうだ。

功兵衛はさらに力を入れ、ぐいっと竹刀を前に押し出すようにした。うおっ、と熊太郎が声を出した。功兵衛はあっさりと熊太郎を突き放した。

押された熊太郎がたたらを踏む。体勢が崩れ、隙だらけになった。

功兵衛はすり足で進み、熊太郎の胴に竹刀を打ち込もうとした。それをかろうじて熊太郎が受け止める。

——ほう、意外にやるな。

功兵衛はすぐさま右へと回り、熊太郎の死角に出た。またしても熊太郎は功兵衛を見失ったようだ。

功兵衛は再び竹刀を胴に振った。どす、と鈍い音がし、ううぅ、とうめいて熊太郎が腰を折る。

功兵衛は素早く竹刀を引き、正眼の構えを取った。

熊太郎が右の膝《ひざ》を地面につけ、苦しげに体を屈《かが》めている。息が詰まっているようだ。

しばらく下を向き、喉《のど》を上下させていたが、ようやく息が通ったようで、今度は激しくあえぎはじめた。

「どうだ、熊太郎」

歩み寄り、斉晴が声をかけた。

「仮に三本勝負だったとしても、そなたの負けだ。功兵衛はまことに強かろう。汗一つかいておらぬぞ」

焼けつくようになっているのか喉を押さえつつ熊太郎が斉晴を見上げる。しばしなにもいわず、せわしく息をしていた。

「つ、強うございます」

しわがれた声で熊太郎がいった。

「ざ、残念ながら、今は相手になりませぬが、しかし殿、い、いずれは永見どのを追い越してみせます」

「大言をいうものよ」

「た、大言などではありませぬ」

歯を食いしばっていう熊太郎を見やって、斉晴が微笑を漏らした。

「心意気やよし、というところだな」

「心意気だけではありませぬ。いつの日か、まことに永見どのを追い越してご覧に入れます。必ずです」

かすれが取れて通るようになった声で、熊太郎が力説する。

「よくわかった。熊太郎、余はそのときを楽しみに待っておるぞ」

散々に打ちのめされたからといって、熊太郎は功兵衛の強さを認めたわけではないようだ。次こそは、といわんばかりの顔で功兵衛を憎々しげににらみつけてくる。なにを考えてこんな顔つきをしているのだろう、と功兵衛は思案した。すぐに熊太郎の心が読めたような気がした。

──どうやら俺の遣う剣は、小手先の技でしかないと思っているようだ……。

おそらく功兵衛の動きがほとんど見えず、速さにひたすらかき回されたと感じているのではないか。

しかし、実際には力でも功兵衛は熊太郎を上回った。功兵衛が小手先の技を遣っていると思っているあいだは、熊太郎は一太刀も入れられないだろう。

──いや、一太刀どころか、一合も交えることはできぬ。

功兵衛には、熊太郎に追い越される日は決して来ないとわかっていた。

三

その後、功兵衛は詰所に戻る熊太郎たちと別れ、大書院に向かった。

分蔵たちと一緒に斉晴の世話をはじめたが、初日ということもあり、功兵衛はすることがなかった。分蔵たちがなにをしているか、よく見ておくようにいわれた。

決して忘れぬようにと、分蔵たちの仕事ぶりを脳裏に刻みつけていると、すぐに九つになった。交代の刻限である。昼餉《ひるげ》の前に、功兵衛たちは詰所に戻ることになった。

――お食事の際、どのようにお世話をするのか、見ておきたかったが……。

しかし交代では、しようがない。詰所に入った功兵衛は自分の文机《ふづくえ》の前に座り、持参した弁当で昼餉をとった。

「しかし、まことに永見どのは強いな」

功兵衛と同じように弁当を食しながら分蔵がいった。

「あの強さには惚《ほ》れ惚《ぼ》れした。どの道場で修行をされた」

「いえ、道場は行っておりませぬ。今は亡くなった叔父《おじ》の誘いで、さる道場に通っておりますが……」

「道場に行っておらなんだとは、まことか。ならば、どうやってあれだけ強くなった」

「父に教わりましたが、ほとんど独学でございます」

なんと、と分蔵が嘆声を漏らす。

「独学であそこまで強くなれるものなのか。あの宮本《みやもと》どのが、まったく歯が立たなかったというのに……」

宮本というのは熊太郎のことであろう。

「宮本どのは、小姓の中でも一、二を争う腕前だ。それを相手にせぬとは、永見どのはいったいどれほど強いのか……」

「あの、稲垣さま」

「なにかな」

「それがしのことは呼び捨てにしてください」

「よいのか」

恐る恐るという感じで分蔵がきいてきた。

「もちろんでございます」

「呼び捨てにされたことで怒り、わしを斬り殺すというようなことはなかろうな」

笑って分蔵が質《ただ》してくる。

「滅相もない」

「ならば、呼び捨てにさせてもらおう」

そこに茶坊主がやってきた。どうぞ、と功兵衛にも茶を注いでくれた。心づけを渡していないといっても、ほかの小姓と扱いは変わらなかった。そのことに功兵衛は、よかった、と思った。

茶を飲みながら次の交代に備えて体を休めていると、いきなり詰所の襖《ふすま》が開き、斉晴が姿を見せた。

なんと。功兵衛たちは仰天し、すぐさま平伏した。

「よい、直れ」

斉晴の命に応じ、功兵衛たちは面を上げた。

「皆の者、今から遠駆けに行くぞ。ついてこい」

ええっ、と功兵衛は思ったが、逆らうわけにはいかない。すぐさま立ち上がり、斉晴に続いて詰所を離れた。

「この手のことは、よくあることでございますか」

横を行く分蔵に功兵衛は小声でたずねた。

「たまにある」

分蔵に面食らっている様子はなく、むしろ目が生き生きとしていた。

「仕事に追われていると、息抜きをしたいと思われるようで、そういうときに遠駆けをなさる」

本丸御殿を出た斉晴が二の丸に入っていく。そこに厩《うまや》があるのは功兵衛も知っている。

厩の者に命じ、斉晴が一頭の馬を引き出させた。見事な鹿毛で、功兵衛は目を奪われた。

――こんなにたくましい馬が、この世にいるものなのか。

厩の者がしっかりと世話をしているらしく、馬体が輝いていた。瞳《ひとみ》も黒々として、強い光を放っている。足は太く長く、どんな悪路であろうと一気に駆け抜けていきそうだ。

――これはすごい馬だ。

これほどの馬を斉晴が持っているとは、功兵衛は知らずにいた。

「清風《きよかぜ》といい、殿が江戸から連れてきたのだ」

分蔵が功兵衛に説明する。

「殿はお国入りの際、清風に乗って颯爽《さっそう》としたお姿を国元の者にお見せしたかったようだが、残念ながらそれは叶《かな》わなんだ」

「なにゆえでしょう」

「覚えておらぬか。あの日は激しい雨が降っておって……」

いわれてみれば、と功兵衛は思い出した。斉晴の国入りは、大雨にたたられたのだ。あの豪雨の下では、いくら清風という名馬に乗っていたとしても、颯爽とした姿を見せるというわけにはいかなかっただろう。

鞍《くら》が置かれた清風に斉晴がひらりとまたがった。分蔵も厩から一頭の馬を引き出し、見とれる手並みで背に乗った。

馬上の者は斉晴と分蔵の二人だけで、あとの五人は徒歩である。

殿、と横合いから大きな声がした。見ると、熊太郎が走り寄ってきたところだった。斉晴に向かって懇願する。

「それがしも遠駆けに連れていってくだされ」

その言葉を聞いて、斉晴が目を丸くする。すぐに案じ顔になった。

「そなた、大丈夫なのか。竹刀とはいえ、功兵衛ほどの遣い手に、したたか打たれたのだぞ。ふらつかぬか」

「まったくふらつきませぬ。あの程度の痛手、なんということもありませぬ」

背筋をきりりと伸ばし、熊太郎がしゃんとしてみせた。

「どこも痛くないというのか。やせ我慢ではないのだな」

「当たり前にございます。それがしは人よりずっと頑丈にできてございます」

「それは余も知っている。よかろう、熊太郎、ついてこい」

「ありがたき幸せ」

叫ぶようにいって熊太郎が躍り上がる。

「それで殿、これからどちらへいらっしゃるのですか」

斉晴に馬を寄せ、分蔵が問う。

「せっかく暖かくなってきたのだ。潮風を存分に浴びたい」

「でしたら、湊《みなと》へいらっしゃいますか」

「湊か、よいな。船を見るのも大好きだ。その前に分蔵。皆に竹筒を配れ」

「承知いたしました。——宰蔵、台右衛門。人数分の竹筒に水を入れて持ってくるのだ」

新参者の功兵衛も、宰蔵たちの後ろについていった。厩には、遠駆け用に竹筒が用意されているようだ。功兵衛は係の者から竹筒を受け取り、二の丸の井戸でそれらをすべて満たした。蓋《ふた》をした数本の竹筒を手にして、斉晴のもとに行く。

「殿の分はわしが預かっておく」

功兵衛は二本の竹筒を分蔵に手渡した。分蔵が紐《ひも》を使い、腰にくくりつける。

「よし、行くぞ」

気持ちよさそうにいって斉晴が清風の腹を軽く蹴《け》る。清風が軽やかに走り出した。分蔵がそのあとに続く。

二の丸門、大手門と続けざまに抜けて、斉晴が一気に城外に出た。

功兵衛はそのあとをついていった。宰蔵や相兵衛、台右衛門、雄之進も遅れじとばかりに駆けている。

城から加瀬津湊までは半里ほどである。功兵衛には、蹄《ひづめ》の音も軽やかに走る清風のそばを離れる気は毛頭なかった。足を懸命に動かし、斉晴を警固することだけを考えていた。

――もしなにか異変があれば、身を挺《てい》して殿を守るのだ。でなければ、なんのために御小姓になったのか、わからぬではないか。

結局、何事もなく湊に着いた。やや小高い場所に回ると、五十間川の河口に広がる湊がよく見えた。馬上から斉晴は湊の風景を眺めている。

その泰然とした姿を目にして、なにもなくてよかった、と功兵衛は胸をなでおろした。

さすがに盛っている湊だけに、今日も多くの船が帆を休めていた。何艘《そう》かの艀船《はしけぶね》が荷を満載し、湊の中を軽やかに動いている。

風もなく海は凪《な》いでおり、きらきらと陽射しを明るく弾《はじ》き返していた。どこか靄《もや》がかかっているようにも見える。そのさまをじっと見て、春の海だ、と功兵衛は思った。

ここまで必死に駆けてきたが、鍛錬の成果か、息が上がるようなことはなかった。

ぜいぜいとあえいでいる宰蔵や台右衛門たちとは明らかにちがった。

呼吸を荒くしてこそいないが、熊太郎もやや疲れを覚えているような顔つきだ。

ふと誰かの眼差《まなざ》しを功兵衛は感じた。そちらに顔を向けると、斉晴と目が合った。

さすがだな、といいたげに功兵衛を見ていた。

どうぞ、と分蔵が斉晴に竹筒を差し出す。受け取った斉晴が竹筒を傾け、喉《のど》を鳴らして水を飲んだ。

それを見て功兵衛も竹筒を手にし、水を喫した。うまい、と声が出そうになった。

少しは息がととのったらしく、宰蔵たちも水を飲みはじめた。

「よし、これから近くの村々を見て回るぞ」

皆が十分に休憩したと見たか、斉晴が宣するようにいって清風の腹を蹴った。うれしそうに清風が走り出す。

斉晴が向かったのは東である。最初に訪れた村は二十ほどの家が建つ寒村だった。村の最も奥に建つ名主のものとおぼしき家以外は、いずれもみすぼらしく、崩れそうになっている家もあった。

田植えに備えて田起こしにかかっている百姓たちの身なりも貧しく、やせ衰えている者が多かった。いつ風呂《ふろ》に入ったのかわからないような、真っ黒な顔をしている者も目立つ。

誰が村にやってきたのか覚《さと》ったらしく、路上に何人かの村人が土下座している。

斉晴が、一人の女の前で清風を止めた。女は、二歳ほどと思える子供をおんぶしている。

孫だろうか、と功兵衛は思った。

「そなた、歳はいくつだ」

馬上から斉晴が女に優しくきいた。

「えっ、歳でございますか」

意外に若い声で女がきき返す。

「そうだ、歳だ。いくつだ」

「は、はい。二十三でございます」

なにっ、と功兵衛は仰天した。四十半ばくらいだろう、と思っていたのだ。同じ気持ちだったか、斉晴が目をみはって女を見つめている。その顔を目の当たりにして、なにかいけないことをいっただろうか、と女が不安そうにしている。女を安心させるためか、斉晴が頰に笑みを浮かべた。

「おぶっているのは、そなたの子か」

斉晴が新たな問いを女にぶつけた。

「さようにございます」

「歳は」

「四歳でございます」

これにも功兵衛は驚いた。あまりに成長が遅すぎるのではあるまいか。

——話には聞いていたが、やはり百姓たちは栄養が足りぬのだな。

これまで村に足を運ぶことなど滅多になかった。

——俺はなにも知らなんだ。

百姓たちの犠牲の上に今の暮らしが成り立っていることがわかり、功兵衛の胸は痛んだ。

「そうか、四歳か……」

斉晴が昂然《こうぜん》と顔を上げたが、苦い表情をしているように功兵衛には思えた。

馬腹を蹴り、斉晴が清風を再び走らせる。功兵衛たちはそのあとをついていった。

斉晴は、それからいくつかの村を見て回った。どの村も最初に訪れた村と似たようなもので、貧しさだけが共通していた。

村を離れ、道に出たところでいったん馬を止めた斉晴が、なにか考えるような表情をつくった。

「よし、城に戻るぞ」

どこか暗い声で斉晴がいい、馬首を城に向けた。

「分蔵」

清風を駆けさせつつ斉晴が語りかける。

「遠駆けのたびにいつも思うが、百姓たちの暮らしぶりをなんとかせねばならぬ」

「はい、おっしゃる通りでございます」

「民が富まねば、国も富まぬ」

「はい、まことに……」

「今は余を含め、家中の者だけが潤っている。それは、百姓たちの犠牲の上に成り立っておるのだ。そのことは、こうして村を回ってみると、よくわかる」

「はい、その通りでございます」

「百姓たちの暮らしを向上させる、なにかうまい手立てはないものか……」

つぶやくようにいった斉晴が、いきなり手綱を引いた。いななきを上げて清風が止まる。

「ちと気が変わった。城に戻る前に、郡奉行所に行ってみる」

竹坂家六万三千石の領内には三つの郡があり、そのいずれにも郡奉行所が置かれている。いま功兵衛たちがいる場所から最も近い郡奉行所は、湊《みなと》から西へ十五町ほど行った田野倉村《たのくらむら》にある。

加瀬津を起点に十の国につながるといわれる十国《じっこく》街道を四半刻《しはんとき》ほど進んだとき、街道をやや外れたところに立つ立派な四脚門が見えた。郡奉行所の表門である。

田野倉村は戸数百三十ほどもあり、加瀬津領では有数の村である。竹坂家がじきじきに差配している領地で、米の収穫量も多い。

街道を左に折れ、やや細い道に入ると、四脚門が正面に望めるようになった。

一町ほどの長さの細道を、斉晴が一気に駆け抜けた。門前には門衛が二人いたが、迫ってくる斉晴を見て、恐れおののいたようにさっと横へどいた。

苦労であるというように右手を門衛に上げてみせてから、斉晴が四脚門をくぐった。そのまま郡奉行所の敷地に清風を乗り入れる。分蔵がそれに続いた。

下馬した斉晴がその勢いのまま玄関前に立つ。功兵衛はすぐさま清風の差縄を取ろうとしたが、熊太郎に先んじられた。

熊太郎が功兵衛を見て馬鹿にしたように、ふん、と鼻を鳴らした。

郡奉行所の中に向かって、斉晴が声を張り上げる。

「臼島兵庫助《うすじまひょうごのすけ》はおるか」

郡奉行を呼んだのだろうか、と功兵衛は思ったが、郡奉行本人は城下の郡役所におり、ここに詰めているのは代官のはずだ。臼島という人物は代官であろう。

間を置くことなく、臼島らしき人物が玄関から飛び出してきた。歳は五十を過ぎているのではないか。

なかなか思慮深そうな感じの人物に、功兵衛には思えた。緊張の面持ちで斉晴に近づき、深く低頭する。

「殿、ようこそおいでくださいました」

うむ、と斉晴がうなずいてみせる。

「兵庫助も元気そうでなによりだ」

「畏《おそ》れ入ります。あの、どうぞ、中にお入りください」

「いや、ここでよい」

首を振って斉晴が断った。

「すぐ帰るゆえ」

さようでございますか、と臼島がいった。

「兵庫助、百姓たちの年貢だが、今も五公五民のままか」

「さようにございます」

臼島が肯《がえ》んじ、斉晴に向かって腰を折った。

「百姓たちにとって、五公五民というのは重くないか」

「重いか重くないかでいえば――」

言葉を切り、臼島が少し考える。

「重いのではないかと存じます。やはり収穫の半分を持っていかれるというのは、かなりきついのではないでしょうか」

「五公五民を四公六民にできぬものか」

いきなり斉晴に問われ、臼島が絶句する。しばし黙り込んでいたが、やがて口を開いた。

「それがしの一存で決められることではございませぬが、できぬことはないのではないか、と存じます」

「それはなにゆえだ」

鋭い口調で斉晴がきく。はっ、と臼島が腰をかがめる。

「台所の事情が苦しい他の大名家では禄《ろく》の借り上げが行われているところも少なくないと耳にいたしますが、当家では今も若干の余裕が感じられるからでございます。もちろん、家中には貧しい者はいくらでもおりますし、暮らしに困窮している者も少なくないとは存じますが……」

「禄の借り上げが行われておらぬといっても、そなたがいうように、困窮している者は多かろう。いきなり四公六民にしたら、その者たちが今度は苦しむことになるか……」

腕組みをし、斉晴がうつむいた。

「家中の者に苦しみを味わわせず、百姓たちの暮らしをよい方向へ改めることはできぬものか」

やはり、と臼島がいった。

「産業を興すしかないと存じます。できるだけ現銀での収入を多くするしか、手はないのではないかと。六万三千石の収入を十万石にできれば、多くの者が貧しさから救われましょう」

「産業か。どのようなものがよいのかな」

斉晴にきかれて、臼島が困ったような顔になる。

「申し訳ないのでございますが、それがしに思いつくようなものはございませぬ。産業については、先人もかなり苦労されておりますので……」

その通りだな、と斉晴がいった。

「我が家では昔からさまざまな産業を興そうとがんばってきているが、ものになった産業は一つもない。無駄に金を費やしてきただけと聞いた。加瀬津は一向に変わらぬ……」

天を仰ぎ、斉晴が嘆息した。顔を戻し、兵庫助、と呼びかける。

「また来る。この地で産業として興すべきことを一つでよいゆえ、そのときまでに考えておいてくれぬか」

「はっ、承知いたしました」

元気よく答えて臼島が頭を下げた。

「では、余はこれにて帰る」

臼島に告げ、斉晴がくるりと体を返して歩き出した。清風の差縄を引き、熊太郎が斉晴に近づいていく。

熊太郎にうなずいてみせた斉晴が手綱を手にするや、清風にひらりとまたがった。

四

十国街道に出て少し走ったところで、斉晴が清風を止めた。

「いかがなされました」

馬を寄せ、分蔵が斉晴にきく。

「確か、田野倉村から少し行ったところに景色のよい岬があったな」

「ああ、伊香里崎《いかりざき》でございますな。あそこから見る夕日は絶景といわれております」

「分蔵、行っても構わぬか。また潮風を吸いたくなった」

「承知いたしました。まいりましょう」

馬首を返し、斉晴がまた清風を走らせはじめた。功兵衛たちはひたすらついていく。

伊香里崎は多田羅《たたら》半島という細い半島の突端にある。伊香里崎沖は好漁場になっており、特に烏賊《いか》がよく獲《と》れることで知られている。

烏賊の旬は夏である。功兵衛は烏賊に目がなく、そのときが今から楽しみでならない。

多田羅半島は五町ほどの長さを持ち、入江が一つある。七分咲きの桜などの木々に囲まれた狭い道を走り出して三町ほど行ったとき、おや、といって、また斉晴が馬を止めた。ちょうど木々が切れたところで、入江が眺められる。

「あの船はなんだ」

功兵衛もそちらに目を向けた。一町ほど先に一艘《そう》の大船が停泊していた。大きさからして千石船ではない。

五百石船ではないだろうか、と功兵衛は見当をつけた。船に人影は見当たらなかった。

功兵衛はこの半島に来たのは初めてで、入江に大船が入り込んでいることがよくあることなのか、正直わからなかった。

「妙だな」

顎《あご》を撫《な》でさすり、馬上で斉晴がつぶやく。

「あの船は、入江にひっそりと隠れているように見える。分蔵、船の名はわかるか」

馬から下り、分蔵が船に目を凝らす。いえ、と首を横に振った。

「見えませぬ。消しているわけではありませぬな。どうやら布で覆い隠し、見えないようにしてあるようでございます」

「そのような真似をするなど、怪しいとしかいいようがない。よし、調べてみるぞ」

斉晴が決然といった。えっ、と分蔵が声を上げる。功兵衛も、なにっ、とあわてた。

——確かに怪しさが芬々《ふんぷん》とにおっている船ではあるが……。

「殿、ここはお目付に任せたほうがよろしいのではありませぬか」

分蔵がいったが、斉晴がかぶりを振った。

「いや、我らで調べる」

押し切るように斉晴がいう。

「目を離した隙に逃げられたら、ことだ」

「殿のおっしゃる通りでございましょう。あの船は調べるほうがよいと存じます」

熊太郎が斉晴に同調した。分蔵はなにもいわず、斉晴に目を当てた。

「殿、どうやってあそこまで行きますか。あの入江に下りていく道は、ないようにございます」

「舟を雇えばよい。この沖は漁場になっているのであろう。ならば、漁師もこの近くに住んでいよう。舟を出してもらうのだ」

「わかりましてございます」

多田羅半島を戻った功兵衛たちは、砂浜のそばに、十ばかりの家が軒を連ねる集落を見つけた。すべての家が、背の高い松の木陰に建っていた。

防風のための松であろう。浜を吹く風は確かにかなり強かった。右手に、海へ突き出す多田羅半島が見えている。

浜で網の手入れをしていた若い漁師に、分蔵が声をかけ、舟を出してもらえぬか、と頼み込んだ。

「もちろん金は払う」

いきなり分蔵にいわれて漁師はびっくりしていたが、よろしいですよ、とあっさり請け合った。

「何人乗られますか。小さい舟なので、あまり乗れないのですが……」

そのとき、ひときわ強い風が吹いた。浜からさらわれた砂が頬に当たったらしく、分蔵が顔をしかめた。

「何人乗れる」

頬をなでて分蔵がきいた。

「手前を入れて四人でございます」

「残り三人か……」

判断を仰ぐように分蔵が斉晴を見る。

「余と熊太郎、功兵衛でよい」

斉晴は自分以外で、腕の最も立つ二人を選んだのだ。熊太郎が晴れがましそうな顔になった。

「承知いたしました」

分蔵が点頭する。斉晴のそばを離れたくなかっただろうが、分蔵はさほど腕が立つほうではない。ほかに手もあるまい、とあきらめたらしく、異議を唱えることはなかった。

「代はいくらだ」

分蔵が漁師にたずねる。

「そうですねえ、一人五十文でけっこうでございますよ」

この代が高いのか安いのか、功兵衛にはわからなかった。

「ならば、三人で百五十文だな」

懐から財布を取り出し、分蔵が一朱銀をつまみ出した。

「これでよいか。足りるはずだ」

「一朱でございますか。あの、申し訳ないのでございますが、お釣りがありません」

「釣りはいらぬ」

一朱なら二百五十文の価値がある。

「あ、ありがとうございます」

ほっとしたように漁師が礼を述べた。

斉晴が流木の上に腰かけた。漁師がちらりと斉晴を見る。

「あの、そちらのお方はずいぶんご身分が高そうでいらっしゃいますが、もしや御家老さまでございますか」

漁師が功兵衛にささやきかけてきた。功兵衛は正直に答えてよいのか、判断がつかなかった。

漁師の声が聞こえたらしく、斉晴が笑いかけた。

「余は竹坂家のあるじだ」

あっさりと身分を明かした。

「えっ、あるじ……。えっ、ではお殿さまでございますか」

口をぱくりと開けた漁師が、泡を食って土下座した。

「いや、いや、そのような真似をせんでもよい。そなたには、舟を出してもらわねばならぬのだ」

土下座したまま漁師が顔を上げる。

「あの、お殿さまは舟に乗って、どちらへいらっしゃるおつもりですか」

「多田羅半島の入江だ。今そこに一艘の大船が入り込んでいる。その船を調べたいと思うておる」

「ああ、船を……。はい、わかりました。あの、立ってもよろしゅうございますか」

「もちろんだ」

「では失礼して……」

漁師が出船の支度をはじめた。

「そなた、名をなんという」

身じろぎして斉晴が漁師に問う。

「手前は五郎兵衛《ごろべえ》と申します」

かしこまって漁師が答えた。

「余は竹坂越中守という。よろしくな」

「あ、はい。よろしくお願いいたします」

とんでもない身分の者から気安く声をかけられて、五郎兵衛が身を縮める。

「五郎兵衛、そなたは多田羅半島の入江に船が入り込んでいるのを、見たことがあるか」

身を乗り出して斉晴がきく。

「はい、何度かあります」

まじめな顔で五郎兵衛がいった。

「船は入江でなにをしている」

うーん、といって五郎兵衛が首を傾げる。

「なにかしているようなところは、一度も見たことがございません。いつもひっそりと帆を休めている感じでございます」

そうなのか、と斉晴がつぶやいた。

「支度ができましてございます。お乗りいただけますか」

わかった、といってまず斉晴が乗り込む。熊太郎が続き、功兵衛もそのあとに乗った。

三人は船底に尻《しり》を預けた。船尾の後ろに立った五郎兵衛が、舟を両手で押しはじめた。

五郎兵衛の腕の筋肉が隆と盛り上がり、舟は何本もの丸太が並べられた上を、ごろごろと音を立てて進んでいく。

砂浜を通過した舟が海に入り、ばしゃん、と大きな波を立てた。すかさず五郎兵衛が舟に乗り込んできた。

櫓《ろ》を持つや腰を落とした。五郎兵衛が櫓を動かしはじめると、舟が力強く海上を進み出した。

「では、行ってくる」

砂浜に立つ分蔵たちに斉晴が手を振った。分蔵が、お気をつけて、と風に負けないように声を張り上げる。

舟は、浜から十間ほど沖を西へ進みはじめた。あと少しで夕日に変わる太陽の光が、功兵衛にはまぶしかった。

「気持ちよいな」

船首に乗っている斉晴が笑顔になっている。風は強いが、海はさほど波立っていない。

その中を舟は、ぐいぐいと進んでいく。舟に乗るのがいつ以来か思い出せないが、功兵衛も爽快《そうかい》さを覚えていた。

見る間に多田羅半島が近づいてくる。

「もうじき入江に入ります」

五郎兵衛が斉晴に声をかけた。

「うむ、そのまま進んでくれ」

「わかりましてございます」

舟が目当ての入江に、すいと入った。大船が功兵衛の目に映る。今も船上に人はいないようだ。

「あの船の横につけてくれ」

船にじっと目を当てながら斉晴が五郎兵衛に命じた。

「承知いたしました」

入江は静かで、風もほとんど吹き込んでこない。波もなく、櫓の音だけが静けさの壁を穿《うが》っていた。

やがて舟は大船の腹に貼りつくように停まった。

「誰かいるか」

立ち上がった斉晴が、朗々とした声で船に声をかけた。

少しして、なんだ、という感じで一人の男が垣立《かきだつ》から顔を出した。あまり人相がよいとはいえない男だ。この船の水夫《かこ》かもしれない。

「ここだ」

斉晴が大きく手を振った。男が真下にいる舟に気づく。

「なにか御用ですかい」

酒で喉《のど》をやられたようなしわがれ声で、男がきいてきた。

「この船に上がりたいのだ」

男が、えっ、という顔になった。

「なんで上がりたいんですかい」

「ちと調べたいのだ」

「調べるって、なにをですかい。あの、お侍はどちらさまですかい」

男にきかれて斉晴が堂々と名乗った。

「えっ、加瀬津のお殿さまですかい。本物ですかい」

「紛れもなき本物だ。もう一度いうが、余は竹坂越中守であるぞ」

先ほどよりも声を高くして斉晴が名乗りを上げた。

「あ、あの、少々お待ちいただけますか」

畏《おそ》れ入ったように男が申し出る。

「少しだけなら待ってもよい」

「わかりましてございます。すぐに戻ってまいります」

斉晴に断って男が顔を引っ込めた。船内にいる者と相談をはじめたのではないか。強い風が珍しく吹き込んできて、入江を波立たせた。風が行き過ぎるのを待っていたかのように、再び男が顔を見せた。

「どうぞ、お上がりください」

男が上から縄梯子《なわばしご》を垂らした。斉晴が縄梯子をしっかりとつかむ。

「殿、いけませぬ」

すぐさま熊太郎が斉晴を制した。

「それがしが、まず登ります。殿は、それがしのあとにいらしてください」

斉晴が一番乗りし、もし船の者に一斉に斬りかかられたら、目も当てられない。家臣が最初に乗り込み、斉晴のために安全を確保するのは当然の務めである。

——宮本どのの判断は正しい。

「では、まいります」

斉晴に一礼して熊太郎が縄梯子をするすると登っていく。間を置かずに斉晴が縄梯子に取りついた。

熊太郎が一番上にたどり着き、垣立を乗り越えた。船上で騒ぎらしきものは起きず、熊太郎が上がってくるように合図を送ってきた。

斉晴が登りはじめたのを見て、功兵衛も縄梯子をつかんだ。

斉晴が垣立のすぐ下まで上がっていった。功兵衛はその下に控えた。

熊太郎が顔を見せ、斉晴が垣立を越える手伝いをした。功兵衛は自力で垣立を乗り越え、踏立板《ふたていた》の上に立った。

そこには十数人の男がいた。ほとんどがこの船の水夫のようだ。船に入ってきた功兵衛たちを見て、目をみはっている。

いずれも悪相をしているが、男たちは皆、眠たげな顔をしているように見えた。船中で昼寝をしていたところを、叩《たた》き起こされたのではあるまいか。

――ふむ、昼寝か……。

「この船の長《おさ》は誰だ」

男たちを見渡して斉晴が語気鋭くいった。

「手前でございます」

五十をいくつか過ぎているとおぼしき男が前に出てきた。猪首《いくび》がひどく目立つ男だ。

「おぬしは何者だ」

へい、と小腰をかがめて男が答える。

「この船の船頭でございます」

「名は」

「等左衛門《とうざえもん》と申します。あの、お侍はまことに竹坂さまのご当主でいらっしゃいますか」

「そうだ。余は竹坂越中守だ」

胸を張って斉晴がいった。

「それはまた……。まさかお殿さまがこの船にいらっしゃるとは、驚きました」

等左衛門、と斉晴が呼んだ。

「この船は、なにゆえ名を隠している。なにか後ろ暗いところがあるのではないか」

いいえ、と穏やかにいって等左衛門が手を横に振った。

「決して隠しているわけではありません。舷《ふなばた》に傷が入ってしまいまして、それを直している最中でございます。薬剤を用いているものですから、波がかからぬよう布をかけているのでございます」

「ほう、薬剤をな……」

ふむ、とつぶやいて斉晴が腕を組む。

「なにゆえ湊《みなと》で修理をせぬ」

「湊で修理をするとなると、船大工を雇わねばならないからでございます。そういう決まりがあり、お金がかかりますので……。この入江で修理すれば、ただでございます」

「この船の積み荷はなんだ」

間髪を容《い》れずに斉晴が質《ただ》す。

「酒でございます」

「胴の間は空のようだな」

「先ほども申し上げましたように、ただいま修理中でございまして、荷の積み込みはできません」

功兵衛は船内を見回した。こうして乗り込んでみると、ただの商い船にしか思えない。怪しいところは見られなかった。

ただし、雰囲気がよい船ではない。なにか裏で悪事をはたらいているのではないかと思わせるところがある。

男たちの悪相のせいであろう。顔にはそれまでの人生が出るものだ。

男たちが揃いも揃って凶悪さを感じさせる顔つきをしているのは、なにかよからぬことをしている証《あかし》ではないだろうか。

――それに、舷に傷ができているせいで荷の積み込みができぬとは……。舷の傷と胴の間は関係あるまい。積み込もうと思えば、やれるはずだ。それに、酒の香りが一切せぬというのも妙だ。酒を積み荷としているのなら、香りがしみついていなければおかしいのではないか。こやつのいうことは信用できぬ。

その上、昼寝のこともある。夜になにかしようとしており、それに備えて水夫たちは眠っていたのだろう。

「では、いつ加瀬津を出るか、決まっておらぬのか」

さらに斉晴が等左衛門に問う。

「お酒を積み込んだのち、即座に出帆する手はずになっております」

「加瀬津には三つの造り酒屋がある。知っているか」

「はい、存じております」

「こたびは、どの蔵の酒を積むことになっている」

はい、と等左衛門が軽く顎《あご》を引いた。

「古丸《ふるまる》酒造の出雲桜《いずもざくら》を、江戸に運ぶことになっております。加瀬津のお酒はおいしいと、江戸で評判を呼んでおりますから」

酒造りか、と功兵衛は思った。出来のよい酒をたくさん造って江戸に売り込み、うまいとの評判を得ることができれば、竹坂家の台所事情も少しは好転するのではないだろうか。

――酒造りというのは、よいかもしれぬ。

米は主家が造り酒屋に供給すればよい。酒造りが盛んになり、伊丹《いたみ》や灘《なだ》などの酒どころと肩を並べるようになれば、百姓衆の暮らしもよくなるかもしれない。

――ひいては俺たちの暮らしもだ……。

等左衛門、と斉晴がいった。

「加瀬津にある、残りの二軒の造り酒屋をいってみよ」

はい、と等左衛門が唇を湿した。

「岩畔《いわぐろ》酒造に杉野山《すぎのやま》酒造でございます」

「酒の銘をいえるか」

「岩畔酒造が岩ノ松《いわのまつ》、杉野山酒造が山乃錦《やまのにしき》でございます」

等左衛門がすらすらと口にした。二つとも合っている。

「よし、等左衛門。これで終わりだ」

くるりと体を翻すや斉晴が縄梯子を伝って船を下り、五郎兵衛の待つ舟に乗った。

功兵衛と熊太郎も斉晴に続いた。

「よし、浜に戻ってくれ」

斉晴が命ずると、はい、と五郎兵衛が答え、櫓《ろ》を動かしはじめた。

浜に着き、斉晴が舟を下りた。

浜で待っていた分蔵は、無事に斉晴が戻ってきたことに安堵《あんど》の思いを隠せずにいる。足早に斉晴に近づいてきた。

「いかがでございましたか」

案じ顔で分蔵がきく。

「なにもなかった」

おもしろくなさそうな顔で、斉晴が首を横に振った。

「さようにございますか……」

斉晴が清風にまたがった。どこか納得がいかないような顔をしているのが、功兵衛にはわかった。

走り出すかと思ったら、斉晴ががっちりと手綱を握り締めたまま分蔵に話しはじめた。

「やはりあの船は怪しい。舷の傷の修理のために入江にとどまっているそうだが、荷の積み込みに関係あるまい」

功兵衛が思っていたことを斉晴が口にした。

「余には、あの船はあそこでなにかを待っているのではないかと思えてならぬ」

「なにを待っているのでございましょう」

当然の問いを分蔵が発した。

「積み荷であろうな。胴の間が空だったのはそのためだ。積み荷は酒といっていたが、酒であるはずがない。酒の香りがまったくせなんだからな。人けのまったくない夜間に、他の荷を積み込もうとしているのではないか」

——おっしゃる通りだ。

功兵衛は、我が意を得たりとの思いである。

「積み荷はなんでございましょう」

真剣な顔で分蔵が斉晴にたずねる。

「それはわからぬが、法度に触れるものに決まっておる」

「法度に触れるもの……」

そうだ、と斉晴が強い口調で断じた。

「いったんここは引き上げ、夜にまた来るぞ」

「えっ、夜に。殿、まことにございますか」

「余が嘘をいったことがあるか」

「いえ、一度もございませぬ」

「とにかく出直しだ」

斉晴はいい出したら聞かない質《たち》なのだ。いくらなんでも考えすぎではないか、という顔を誰もがしていたが、功兵衛はちがった。

――殿のお考えは正しい。あの船にはなにかある。

もう一人、熊太郎も斉晴のことを信じ切っている顔をしていた。

五

昼間は晴れていたが、夜の到来とともに空は雲に覆われた。

刻限はすでに深夜の九つを回っている。空には星は一つも見えず、月の姿もない。

夜陰に紛れ、舟が入江に入った。五郎兵衛は、櫓の音ができるだけ立たないように手を動かしている。

舟はゆっくりと目当ての船に近づいていく。こちらの舟には夕刻のときと同様、斉晴に功兵衛と熊太郎が乗っている。

船首に立っている斉晴は勇んでいた。陣笠《じんがさ》をかぶった姿は夜目でも威風堂々として見えた。

――しかし、大名家の当主がここまでおやりになるとは……。

あの船によほどの胡散臭《うさんくさ》さを感じ取ったのは事実だろうが、分蔵の、正義の心がとにかくお強いとの言葉は、的を射ていたのだ。

やがて功兵衛たちの乗る舟は、大船の腹にぴたりと横づけになった。

その瞬間、おや、と功兵衛は思った。昼間とはちがい、人いきれのようなものを感じたのだ。大勢の者がこの船にいるのが知れた。

――これはなんだ。

今宵《こよい》はこの船に忍び込み、いったいなにを運ぼうとしているのか、それを探り出すつもりでいる。

探り出したら、船を下りて五郎兵衛の舟に戻る。城へ急いで赴き、斉晴自ら目付に知らせる。明日の朝、捕り手を率いて船に襲いかかり、一味を一網打尽にする。

こういう手はずである。とにかく、法度に触れる荷がなんであるか、それを探り出すのが先決である。

「よし、熊太郎、やれ」

斉晴がささやき声で命じた。はっ、と小声で応じて熊太郎が、先端に鉤《かぎ》のついた縄を船に投げ入れた。

がつっ、と音が立ち、功兵衛はぎくりとしたが、誰何《すいか》の声は返ってこなかった。

——気づかれなんだか……。

縄をぐいぐいと引っ張って、鉤がしっかりかかっているのを確かめてから、熊太郎が舷《ふなばた》を登りはじめた。舷側《げんそく》に足をつくようにして登りきり、垣立《かきだつ》をさっと越えた。

船上に誰もいないことを確認したか、熊太郎が顔を見せた。上がってくるよう手で合図してくる。

縄を握り、斉晴が登りはじめた。そのさまを功兵衛は、はらはらして見ていた。

斉晴が転落したら、どうなるか。海に落ちれば怪我をするくらいで済むかもしれない。しかし舟に落下したら、命に関わるはずだ。

——もし落ちてきたら、俺が殿を受け止めるしかあるまい。

斉晴を救う手立ては、それしかなさそうだ。

この船への忍び入りの企ては、重臣の誰もが知らない。むろん、いま斉晴が城を不在にしていることを知っている者もいない。

――殿が舷を登っていると知れば、腰を抜かすであろう。

もし船に上がった斉晴が一味に害されるなど、万が一のことがあれば、功兵衛たちは腹を切るだけでは済まないかもしれない。家は取り潰《つぶ》しであろう。

――それにしても、深更に自ら船に乗り込むなど、とんでもない殿さまだ……。

こんな型破りな大名は、日本広しといえども、ほかに一人もいないのではあるまいか。そんな男にじかに仕えることができて、功兵衛は心弾むものも感じていた。

功兵衛の心配は杞憂《きゆう》に終わり、斉晴が熊太郎の手を借りて垣立を越えた。功兵衛に登ってこい、と指示してくる。

功兵衛は縄に取りついた。音を立てないよう注意しつつ、舷側を登っていく。

垣立が間近に迫ってきた。右手を伸ばして垣立をつかみ、縄から左手を放した。

その手を熊太郎がさっと取った。強い力で、ぐいっ、と功兵衛は引き上げられ、一瞬で垣立を越えていた。かたじけない、と功兵衛は無言で頭を下げた。

足音を忍ばせて船上を歩きはじめた。ひしめき合うような人の気配は、さらに強くなっている。斉晴と熊太郎も異様な気配をすでに覚えているようだ。

胴の間につながる階段を、斉晴と熊太郎が慎重に下りていく。いつでも刀を抜ける姿勢を取りつつ功兵衛もその後ろに続いた。

斉晴と熊太郎が階段の途中で、驚いたように足を止めた。胴の間を見つめていた。

功兵衛も、斉晴の肩越しに胴の間をのぞき込んだ。

そこには、大勢の女と子供が座り込んでいた。二十人近くはいるだろう。

全員が身動きできないように、縛《いまし》めをされていた。誰もがおびえた様子を隠せずにいる。

「これはなんだ」

斉晴がつぶやきを漏らし、階段を下りきった。熊太郎と功兵衛も胴の間に立った。

――人身売買ではないか。

女子供を目の当たりにして、功兵衛は直感した。この者たちは奴隷として売られていくのではないだろうか。

どこに売られていくのか。国内だろうか。それとも海外か。

海外なら抜け荷ということになる。公儀に知られれば、竹坂家は取り潰しだ。

斉晴もどういうことか、すべて解したようである。

「おい、なにをしている」

頭上から咎《とが》めるような声が降ってきた。見上げると、数人の水夫《かこ》が立っていた。

「おい、みんな、出てこいっ、曲者《くせもの》が入り込んだぞ」

一人が大声を発した。それに応じて、槍《やり》や刀、六尺棒などの得物を手にした男たちがどやどやとあらわれ、階段を下りてきた。

功兵衛たちは十数人の男たちと対峙《たいじ》した。

功兵衛と熊太郎は、斉晴を守るために前に出た。刀に手を置いて腰を落とす。

功兵衛は、もし男たちが一歩でも近づいたら、一刀のもとに斬り殺すつもりでいた。熊太郎も同様の覚悟を定めたようだ。

「昼間の連中だな。今度は忍び込んできやがったか。やっちまえ」

槍を手にした一人が雄叫《おたけ》びを上げた。男たちが一斉に襲いかかろうとする。

「この馬鹿者どもがっ」

いきなり斉晴が男たちを一喝した。思いもかけない大音声で、功兵衛の耳は痛くなった。

足が床板に貼りついたかのように、男たちの動きがぴたりと止まった。

――さすがに殿だ。

男たちから目を離し、功兵衛はちらりと斉晴を見た。いかにも落ち着き払っている。

――これが器のちがいというものだな……。

「等左衛門はいるか」

冷静な声で斉晴がいった。

「ここにおります」

唇を噛《か》み締めつつ等左衛門が前に出てきた。猪首をさらに縮めている。

「ここにいる女子供たちが積み荷だな」

へい、と等左衛門があっさり認めた。

「どこに売っている。海外か」

「いえ、とんでもない。国内でございます」

「女子供をさらってきているのではないか」

「いえ、そのようなことはしておりません。女衒《ぜげん》を通じて手に入れた者たちでございます。縛めをしているのは、ただ逃げられぬようにしているのでございます」

「信じられぬ」

憤然としていい、斉晴が等左衛門をにらみつけた。

「筆頭家老の河田内膳さまにきいていただければ、わかります」

なにっ、と声を上げ、斉晴が眉根《まゆね》を寄せた。

「この一件に内膳が関わっているというのか」

へい、と等左衛門が頭を下げた。

「すべて河田さまの命でございますので……」

「なんと……」

斉晴は言葉を失ったように見えた。

「よし、今から内膳に会うことにいたす」

顔を転じて斉晴が功兵衛を見る。

「功兵衛、縛めのための縄を用意せよ」

わかりました、と答えて功兵衛は、胴の間の端でとぐろを巻いていた縄を脇差《わきざし》で一間ほどの長さに切った。

「よし、等左衛門。ついてこい」

等左衛門を人質に取った上で、斉晴は水夫に命じて縄梯子《なわばしご》を下ろさせた。縄梯子を伝って船を下り、五郎兵衛の舟に乗り移る。熊太郎、等左衛門、功兵衛の順で船を下り、舟に乗った。

小さい舟に五人も乗ると、一杯だった。少し揺れただけで転覆するのではないかと思えるほどだ。

「戻ってくれ」

へい、と五郎兵衛が辞儀し、舟を進め出す。

すぐに舟は五郎兵衛が暮らす集落近くの浜に着いた。

分蔵と宰蔵、台右衛門の三人がそこで待っていた。斉晴の無事な姿を見て、三人とも胸をなでおろした様子だ。腹を切らずに済んだ、との思いもあるのだろう。

「いかがでございました」

提灯《ちょうちん》に火を灯《とも》して斉晴に近づき、分蔵がきいた。どんなことがあったか、斉晴が簡潔に話した。

「なんと、人身売買に河田さまが関わっておられましたか」

「今から内膳の屋敷に行く。功兵衛、等左衛門に縛めをせよ」

はっ、と答え、功兵衛は等左衛門を縄でがっちりと縛った。

「この等左衛門という船頭は生き証人だ。内膳は寝ているだろうが、叩《たた》き起こしてやる」

斉晴が清風にまたがり、腹を蹴《け》った。清風がゆっくりと走り出す。熊太郎が提灯を手に、斉晴の先導をする。

功兵衛たちは等左衛門を連れ、河田の屋敷に向かった。

四半刻《しはんとき》後、河田屋敷の門前に着いた。刻限は深夜の八つ半を過ぎたくらいではないか。

屋敷は闇に沈んでいた。長屋門のくぐり戸を、下馬した斉晴がどんどんと激しく叩いた。

門衛の詰所に明かりがつき、小窓が開いた。

「どちらさまでございましょう」

眠たそうな声がきいてきた。斉晴が名乗る。

「えっ、お、お殿さまでございますか」

裏返ったような声が聞こえてきた。

「そうだ。内膳に越中守が来たと伝えよ」

「わ、わかりましてございます」

小窓がぱたりと閉まり、門衛があわてて母屋に向かう物音が、夜気を裂くように響いてきた。

しばらくときはかかったが、門衛が馳《は》せ戻ってきたのが知れた。

「いま開けますので、お待ちください」

閂《かんぬき》が外される音がし、ぎい、と音を立ててくぐり戸が開いた。

「どうぞ、お入りください」

「分蔵、宰蔵、台右衛門。そなたらはここで待っておれ」

い置いた斉晴が、ずい、と先頭で入っていく。そのあとを熊太郎が続き、功兵衛は等左衛門をくぐり戸に押し込むようにした。

門衛が提灯を提げて斉晴の足元がよく見えるようにする。

玄関に煌々《こうこう》と明かりが灯されていた。玄関前に内膳が立っているのを見て、功兵衛は息をのんだ。

「殿。こんな刻限にいかがされました」

腰をかがめた内膳が斉晴に丁重にきく。

「そなたに用があって来た」

斉晴の顔つきを見て、ただならぬことが起きたと知ったようで、内膳が顔を引き締める。

「内膳、この者を知っているであろう」

その言葉に応じて功兵衛は等左衛門を前に押し出した。縛《いまし》めをされた等左衛門を目の当たりにして、うっ、と内膳がうめき声のようなものを発した。

「殿、ここではなんですから、客座敷においでください」

うむ、とうなずきを返し、斉晴が玄関に入る。内膳の案内で客座敷に進んだ。

熊太郎と功兵衛、等左衛門は隣の間に控え、二人のやり取りに耳を傾けることになった。

「内膳、そなたは人身売買をしておるのだな」

鋭い口調で斉晴が質《ただ》した。

「さようにございます」

船上の等左衛門と同様、内膳があっさりと認めた。

「あの船にいるのは領内の者か」

間髪を容《い》れずに斉晴が問う。

「滅相もない。すべて領外の者でございます」

すぐに内膳が言葉を継ぐ。

「女衒たちに命じ、領外の女子供を集めさせているのでございます」

「売り先は海外ではなかろうな」

「あり得ませぬ。売り先は国内でございます。抜け荷などしておりませぬ」

強い口調で内膳がいい張った。

「人身売買は法度に触れるものだ。わかっておるのだろうな」

「わかっております」

公儀が人身売買を許しているのは、年貢上納のための娘の身売りだけである。

「よいか、内膳」

斉晴が厳かな声で呼びかけた。

「もうやめるのだ」

「しかし殿、人身売買のおかげで、我が家は禄《ろく》の借り上げもせずに来たのでございます」

斉晴が憐《あわ》れみの目で内膳を見据えたのが、功兵衛には見えるような気がした。

「それこそ我が家の恥だ。よいか、やめるのだ。これは余の命だ」

はっ、と内膳がかしこまる気配が伝わってきた。

「わかりましてございます」

うやうやしい口調で内膳が答えた。

「嘘ではないな」

強い口調で斉晴が確かめる。

「それがしが殿に嘘をつくはずがございませぬ。殿がおっしゃるよう、人身売買は即刻、取りやめることにいたします」

ならばよい、と斉晴がいった。

「内膳、船にいる者はすぐに解き放つのだ。承知か」

「はっ、承知いたしました」

襖《ふすま》が開く音がし、斉晴が客座敷を出たのが知れた。功兵衛たちも立ち上がり、敷居をまたいだ。

「話はついた」

廊下に立つ斉晴が満足そうな顔でいった。

「殿、この者はどういたしますか」

熊太郎が、縛めをされたままの等左衛門の処遇をたずねる。

「解き放ってやれ」

内膳の罪を問う気がないなら、等左衛門を捕らえておく理由がない。

「わかりました」

手際よく熊太郎が等左衛門の縛めを取る。等左衛門が肩についた埃《ほこり》を払うような仕草をした。

「では、手前は内膳さまとお話をしてまいります」

すっきりした顔で、等左衛門が客座敷に入っていった。

どうやら内膳は斉晴を見送るつもりはないらしく、客座敷を出てくる気配がない。なんと無礼で傲慢《ごうまん》な男だ、と功兵衛は腹が立ってならなかった。この程度のことはよくあるのか、斉晴は気にもしていないようだ。

玄関を出た斉晴が清風にまたがった。分蔵たちが寄ってくる。

「では、城に戻るぞ」

斉晴が清風の腹を蹴る。功兵衛たちは全員で斉晴のあとをついていった。

「ここまででよい」

二の丸の厩《うまや》近くで下馬した斉晴が功兵衛たちに告げた。

「もう七つに近いだろう。今日はゆっくりと休んでくれ。明日にまた会おう」

その言葉に甘え、功兵衛たちはそこで斉晴と別れた。

熊太郎たちとも別れ、功兵衛は提灯を手に帰路についた。

——初日からまったく大変だったな。

誰もいない道を足早に歩き続けた。功兵衛は屋敷に着いた。

木戸門をくぐり、戸を開けたが、糸吉は気づかなかった。いびきをかき続けている。

功兵衛は提灯を消し、中に上がった。明かりがなくとも、夜目はそこそこ利く。

功兵衛は茶の間に落ち着いた。

さすがに疲れを覚えた。布団を部屋の真ん中に持ってきて敷き、その上に横になった。暗い天井を見つめる。

――ああ、家臣を雇わねばならぬのか。

小姓となった以上、この屋敷もいずれ出ることになるだろう。じきお別れなのだ。

長年住み続けてきた屋敷である。離れるのが辛《つら》かった。だが、新しい屋敷はもっと広く、城にも近くなるのだ。

――うむ、楽しみだ。

大きく息をついて功兵衛は目を閉じた。

第四章

一

昨晩のこともあり、今日はたっぷり休むつもりでいたが、午前の四つ過ぎに城から使者がやってきた。

驚いたことに、使者は熊太郎の若党である。

「なにかあったのでござろうか」

式台に下りるや功兵衛はきいた。

「実は、お殿さまの行方がわからぬのでございます」

険しい表情の若党が告げた。なんと、と功兵衛は目をみはったが、すぐに確認した。

「お殿さまというのは、越中守さまのことでござるな」

目の前の若党にとって殿というのが、熊太郎ということもあり得るのだ。

「さようにございます。朝から越中守さまのお姿が見えぬのでございます」

また遠駆けに出られたのではないか、と思ったが、それなら誰かが知っているはずだ。しかも斉晴は未明の七つ頃まで外に出て、捕り物のようなことまでしていたのである。

いくら常人とは比べ物にならない頑健さを誇っているといえ、あれからまた遠駆けに出ようとは思わないのではないか。さすがに体を休めたはずである。

「殿には四人の宿直《とのい》がついていたはずだが、その方々はなにも知らぬのでござるか」

四人もの小姓が寝ずの番をしていたのに、斉晴の行方が知れなくなったというのか。

それが、といって若党が困惑の顔になる。

「宿直の四人の方たちも全員、行方が知れぬのでございます」

「なんと。殿とともに消えてしまったというのか……」

なにか異変が起きたのは、もはや疑いようがない。それも、相当の変事といってよい。

「今日の当番の方から我が殿に知らせがあり、我が殿はお城に駆けつけられました。それで、是非とも永見さまにもお城へお越し願いたいと、おっしゃっています」

「承知した」

功兵衛は即答した。迷っているときではない。一刻も早く城に赴かねばならない。

「すぐに登城するゆえ、その旨を宮本どのにお知らせくだされ」

「わかりましてございます」

一礼して若党が玄関を出ていく。功兵衛は茶の間に戻り、急ぎ着替えをした。

「糸吉」

呼ぶと、間髪を容《い》れずに茶の間にやってきた。若党とのやり取りが耳に届いており、近くに控えていたようだ。

「殿、今から登城なさるのでございますね」

きかれて功兵衛は、うむ、とうなずいた。

「供を頼む」

「承知いたしました」

両刀を腰に帯びた功兵衛は、屋敷を出て城を目指した。桜はさらに開花が進んでおり、あと数日で満開になるものと思えた。

しかし、今は桜に見とれている場合ではなかった。斉晴のことで頭が一杯である。

「いったいお殿さまはどうされたのでございましょう」

後ろを歩く糸吉が心配そうな声でいう。

「御身になにかあったのは相違ないな……」

功兵衛の脳裏にあるのは、河田内膳のことである。

――あの御仁が、殿になにかしたのではあるまいか。

それしか考えられない。内膳は人身売買をやめるよう斉晴に命じられ、素直に従う振りをした。

しかしそれは表向きのものに過ぎず、内心ではその気はまったくなかったのではあるまいか。

端《はな》から人身売買をやめるつもりなどなく、おのが利益を守るために、斉晴を排しにかかったのではないだろうか。

――一気に攻めに転じてきたか……。

それにしても、と功兵衛は思った。内膳は殿をどうしたのか。

――現将軍のご子息を害するような真似をするとは、さすがに思えぬが……。

斉晴の行方がわからないというのは、どこかに身柄を押し込めているからではないか。

――座敷牢《ざしきろう》か……。

功兵衛はむろん目にしたことはないが、奥御殿には座敷牢があるといわれている。斉晴はそこに、四人の小姓とともに入れられているのかもしれない。

きっとそうだ、と功兵衛は思った。

――内膳め、口封じのために殿を押し込めおったな。

実際のところ、家臣には主君を押し込めにしてもよい権利がある。だが、それは主君があまりにひどい政を行ったときとか、主君としての振る舞いが道義から甚だしく外れ、行いがまるで改まらない場合に限られる。

――殿のような名君の資質に恵まれたお方を、私欲のために座敷牢に押し込めるなど、言語道断。許せぬ。

内膳をこの手で叩《たた》き斬ってやりたくなる。

「御小姓の四人の方も、ともにいなくなってしまわれたというのは、城内で神隠しでもあったのでございましょうか」

なにも知らない糸吉が、そんなことを口にした。

「まさかそのようなことはあるまい。人為によるものであろう……」

こんなときに清風のような馬がいたらもっと早く城に着けるであろうに、と思うが、持っていないものは仕方がない。今はひたすら早く歩を進めるしか手はなかった。

ようやく城に着き、功兵衛は表御殿に入った。斉晴がいなくなったという噂はすでに城内に広がっているようで、家臣たちは明らかに動揺していた。仕事も手につかないらしく、大勢の者が詰所の外で他の役目の者と立ち話をしていた。

「おっ、功兵衛」

声をかけてきたのは、普請方の同僚だった山根伴蔵である。功兵衛は足を止め、挨拶《あいさつ》をした。

「殿のこと、聞いたか」

伴蔵に問われ、はい、と功兵衛はいった。

「今日は非番で屋敷におりましたが、使いをいただきました」

「功兵衛は小姓ゆえ、殿についてなにか知っておるのではないか」

確かに知っている。だからといって、さすがに内膳のことを話すわけにはいかない。それに、内膳が本当に殿の失踪《しっそう》に関わっているか、はっきりしたわけではない。

「それがしは、殿が行方知れずになったとの知らせを聞いたのみで、ほかにはなにも……」

「ああ、そうであろうな」

伴蔵が納得のいったような顔になった。

「功兵衛は昨日、初めて殿のおそばに仕えはじめたばかりだ。それに今日が非番であったというなら、なおさらだな」

「はい、そういうことでございます。では山根さま、これにて失礼いたします」

功兵衛は再び歩き出し、喧騒《けんそう》の中を突っ切るようにして小姓衆の詰所に赴いた。

詰所には大勢の者がいた。功兵衛が登城したことで、行方知れずの四人を除き、すべての小姓が顔を揃えたのではないだろうか。

数えてみると、自身を入れてちょうど二十人いた。知らぬ顔が多かったが、今はのんびり挨拶しているときではない。

すぐに熊太郎が寄ってきて、功兵衛を詰所の隅に連れていった。

「永見、よく来てくれた。感謝する」

礼を述べた熊太郎が声を落とす。

「おぬしの腕が要ることになるかもしれぬ。それゆえ来てもらった」

「宮本どのは、荒事になると考えておられるのか」

おそらく熊太郎も、内膳の仕業だと見当をつけているにちがいなかった。

「当然だ」

目を光らせて熊太郎が断定した。

「殿は内膳の手で、座敷牢に押し込められたに決まっている。行方知れずの四人の小姓も、殿のそばにいるはずだ」

「それがしもまったく同じ考えでござる。荒事とは、もしや宮本どのは殿を奪還するおつもりか」

「その通りだ。殿をお救いしなければならぬ」

堅い決意を感じさせる顔で熊太郎がいった。

「まさか座敷牢に斬り込むのでござるまいな」

「その前に内膳と話し合うつもりだが、もしやつが殿を解き放つつもりがなければ、斬って入るしか手はあるまい」

功兵衛は他の小姓たちを見やった。誰もがこれからどうすべきか、わからずにいるようだ。戸惑いが表情にくっきりと出ている。

「斬り込むことになったら、永見、手を貸してくれるだろうな」

「それは……」

功兵衛はいい淀《よど》んだ。果たしてその策ともいえない行為はどうだろうか。今は、斉晴を人質にされているも同然の状態である。

斬り込むのはたやすいが、そんなことをすれば、斉晴の命が危うくなってしまうのではないだろうか。

――殿を盾に取られたら、こちらは動く術《すべ》を失おう……。

当然、刀を捨てなければならなくなるはずだ。そうなれば、あとは敵に斬り刻まれるだけではないか。

――やめておくほうがよい。

熟考ののち功兵衛は結論を下した。

「正面切って斬り込むのは、自死するのも同然でござろう」

その理由を功兵衛は説明した。むう、と熊太郎がうなり声を上げる。

「しかし、斬り込む以外、殿を救う手はあるまい」

「きっとなにか手はあるはず。ここは必死に頭を働かせるべきでござる」

その言葉を聞いて、熊太郎が憎々しげににらみつけてくる。

「永見、怖気《おじけ》づいたのではあるまいな」

なにを馬鹿なことを、と功兵衛はあきれた。

「そのようなことがあるはずがない。俺も内膳のやり口に腹が煮えてならぬのに……」

「ならば、なにゆえ臆《おく》したようなことをいうのだ」

「臆してなどおらぬ」

熊太郎を見つめ返して功兵衛はきっぱりといった。

「ただ、ほかにやりようがあるはずといっているだけだ。殿のお命を第一に考えなければならぬ」

「内膳が、いつまでも殿を黙って座敷牢に入れておくとは思えぬ。折を見て、必ずや殿を弑《しい》するに決まっている」

「殿は現将軍のご子息だ。そんなにたやすく殺すわけがない」

「きさまは、内膳の酷《むご》さを知らぬからそんなことがいえるのだ。やつは現将軍のご子息だろうと、やるときはやる。容赦はせぬ」

功兵衛を凝視して熊太郎が断じた。それはまことなのだろうか、と功兵衛は思った。

現将軍の息子を殺してしまえば、家は公儀によって取り潰《つぶ》しにされるにちがいない。

功兵衛は、そのことを熊太郎にいった。

「毒を盛って、病死に見せかけることなどたやすかろう。病死として公儀に届け出れば、取り潰しになることはまずない」

毒を使うというのか、と功兵衛は慄然《りつぜん》とした。背筋が冷える。

「とにかく、害される前に殿を救い出さなければならぬ。そのために斬り込むのだ」

「おぬしの気持ちはよくわかるが、殿を盾に取られたら、どうする」

むっ、と熊太郎が言葉に詰まる。

「そのときはそのときだ」

「考えなしで突き進むつもりか。それこそ自死も同然ではないか」

嚙《か》みつかんばかりの顔で、熊太郎が功兵衛をねめつける。

「頭をひねれば、よい策が浮かぶというのか。浮かぶのなら、今すぐいうてみい」

まるで駄々っ子だな、と功兵衛は熊太郎を見て思った。

「今はなにも浮かばぬが……。ところで座敷牢《ざしきろう》には出入口は一つだけか」

冷静な口調で功兵衛は問うた。

「そのはずだ」

「座敷牢の絵図はないのか」

絵図だと、といって熊太郎が顔をしかめた。

「座敷牢の絵図など、一度も見たことはない。古巣の普請方で取ってあるのではないか」

指摘されて功兵衛は頭をひねった。

「俺も座敷牢の絵図は見たことはないが……」

普請方の頭の忠吾にいえば、見せてもらえるだろうか。仮に絵図が見つかったとして、それを見ればなにかよい策が浮かぶだろうか。

わからないが、とにかく今は動くことが肝心なのではないか。功兵衛はそんな気がした。

「ちょっと待っていてくれ。普請方に行って絵図がないか調べてくる」

熊太郎にいい置いて、功兵衛は詰所を出た。畳廊下を進んで普請方の詰所を目指す。

誰もが落ち着きを取り戻しつつあるのか、詰所の外に出て立ち話をしている者は、先ほどよりもだいぶ少なくなっていた。

——というより、誰にきいたところで事情を知っている者がほとんどおらぬのだろう。

普請方の詰所の前に立ち、功兵衛は、失礼いたします、と声を張った。その上で、襖《ふすま》を横に滑らせる。

見慣れた部屋が視界に入った。そこにいる者すべての眼差《まなざ》しが、功兵衛に注がれる。忠吾の姿が見当たらなかった。

「おっ、功兵衛ではないか。どうかしたか」

声を発したのは伴蔵である。功兵衛は頭を下げて、伴蔵に外に出てもらった。

功兵衛は、襖を閉めた伴蔵と相対した。

「お頭はお出かけでございますか」

うむ、と伴蔵がいった。

「どうやら殿の行方知れずのことで、上役に呼ばれたようだ」

「ああ、さようですか……」

「重職よりなにか発表があるのかもしれぬな」

「重職とは内膳さまでございますか」

さま付けなどしたくなかったが、今は仕方なかった。

「殿以外で最も身分の高い方というと、そういうことになろう」

功兵衛、と伴蔵が呼びかけてくる。

「それで用件はなんだ」

はい、と答えて功兵衛は伴蔵に顔を寄せ、声を低くした。

「座敷牢の絵図はございますか」

「座敷牢だと。奥御殿の座敷牢のことか。絵図なら詰所のどこかにあるはずだが、見たいのか」

「はい」

「なにゆえ」

不審そうな顔で伴蔵が功兵衛を見る。

「それは……」

「いえぬのか。もしや、こたびの殿の行方知れずと関わりがあるのではないか」

そこまでいったところで伴蔵がはっとする。

「もしや殿は、座敷牢に押し込められておられるのか」

真剣な顔の伴蔵にきかれ、功兵衛は認めるしかなかった。

「そうではないかと、それがしはにらんでおります」

なんと、と伴蔵が驚きの声を上げる。

「いったい誰がそのようなことをしたのだ。あんなによい殿を押し込めにするなど、信じられぬ」

「それがしもでございます」

功兵衛は強い口調で応じた。

「おそらく筆頭家老の仕業ではないかと存じます」

「内膳さまの……」

その直後、伴蔵がなにかに気づいたような顔をする。

「まさか功兵衛、おぬし、座敷牢を破るつもりではなかろうな」

いえ、と冷静な表情を保って功兵衛はかぶりを振った。

「その気はございませぬ。今はただ、殿をお救いする手立てを、できるだけ多く探りたいだけでございます。そのために、座敷牢の絵図を目にしたいと思っております」

そういうことか、と伴蔵が納得したようにいった。

「わかった、ちと探してこよう。しばらく待ってくれ」

襖を開け、伴蔵が詰所に入っていった。功兵衛はその場でじっと待った。

畳廊下を行きかう者がかなりおり、なにをしているのだといわんばかりの眼差しを、遠慮なく功兵衛にぶつけてくる。

四《し》半刻《はんとき》ほどたってようやく伴蔵が出てきた。

「済まぬ、待たせた」

いえ、と功兵衛は首を横に振った。伴蔵は小さな木箱を持っていた。

「これが奥御殿にある座敷牢の絵図だが、持ち帰らせるわけにはいかぬ。ここで見て、覚えていってくれ」

「承知しました」

功兵衛はその場に端座し、渡された箱を開けた。掛軸のような物が出てきた。それを手際よくくるくると開き、目を落とす。

少し見ただけで、功兵衛は判断を下した。

――出入口は廊下に面して一つだけか……。ふむ、どこにも隙はないな。

畳の下や壁、天井にまで頑丈な板が貼られている。おそらく侵入者のことを考えてつくられたわけではなく、座敷牢に閉じ込めた者を決して逃さないようにするために、ここまで徹底して堅牢にしたのだろう。

「わかりました。ありがとうございます」

功兵衛は絵図を丁寧に巻き戻した。それを木箱に入れ、蓋《ふた》をする。

「どうだ、役に立ったか」

案じ顔の伴蔵がきいてきた。

「はい、立ちました」

「わしも先ほど少しだけ見たが、破れるような造りではないな」

「それがしも同じ考えでございます。それがわかっただけで、十分でございます。山根さま、ありがとうございました」

伴蔵に深く礼を述べて、功兵衛はその場を去った。熊太郎の待つ詰所に戻り、結果を話した。

そうか、といって熊太郎が腕組みをする。

「普請方に座敷牢《ざしきろう》の絵図がまことにあったか。よく見られたものだ」

「だが、座敷牢はどこからも忍び込めぬ。出入口以外、破れそうなところは一つもない」

「端《はな》から忍び込もうなどと考えておらなんだゆえ、そのことはどうでもよい」

なに、と功兵衛は思った。

「あくまでも正面から突き破ろうというのか」

「その通りだ」

「だが、内膳も正面の守りは相当、堅固にしていよう」

「それはよくわかっている。だが、殿を必ずお救いするという強い精神があれば、敵の守りなど打ち破れる」

この男は本気でいっているのか、と功兵衛はあきれ返った。

「精神だけで勝てるはずがない」

「おぬしが加わってくれれば、必ず勝てる。どうだ、襲撃の一員になってくれぬか」

目に力を込めて熊太郎が頼み込んできた。宮本どの、と功兵衛は呼んだ。

「その企てに何人、集めるつもりだ」

功兵衛にきかれ、熊太郎が苦い顔をした。

「いま参加を表明しているのは、俺を入れて四人だ」

たったそれだけか、と功兵衛はあっけに取られた。だが参加する者が少ないことこそ、当たり前ではないか。座敷牢を破ろうと考えるほうが、どうかしているのだ。

「俺が参加するとして、五人か……。その人数では無理だな。内膳の張る陣を破ることは、まずできぬ」

「おぬしがいても無理だというのか」

「当たり前だ」

熊太郎を見据えて、功兵衛は強い口調で断じた。

「竹刀同士の戦いなら、十人くらいはなんとかなるかもしれぬが、真剣で戦ってどのくらいの相手を倒せるか、知れたものではない。命のやり取りをするのだからな。体力、気力の減耗は竹刀での戦いの比ではなかろう。あっという間に力は尽きてしまうはずだ」

「そういうものか……」

「俺も真剣で戦った経験はないが、おそらくはな……」

両肩を上下させて功兵衛は背筋を伸ばした。

「内膳は、まちがいなく多勢で座敷牢を固めていよう。その壁を破るのは、この人数では極めて困難であろう。無理といってよい」

むう、と悔しげにいって熊太郎が唇を噛《か》み締めた。

「座敷牢が破れぬのなら、内膳と直談《じきだん》するしかあるまい」

「まずはそうすべきだ」

――しかし宮本どのは、小姓衆のすべてに参加するよう、座敷牢を破るという大事を説いて回ったのか。そのような真似をすれば、誰か必ず内膳に通報する者が出てくるに決まっていように……。

功兵衛が眉根《まゆね》を寄せたとき、

「宮本」

かすれたような声で、台右衛門が熊太郎を呼んだ。

「なにやら文書が回ってきたぞ」

台右衛門が一枚の紙を熊太郎に渡した。

「これはなんだ」

目を通す前に熊太郎が台右衛門にきいた。

「河田内膳が出したものらしい」

「なにっ」

血相を変え、熊太郎が文書を読みはじめた。

「なんだとっ」

あまりに怒りが強いせいか、文書を読み終えた熊太郎の手がぶるぶると震えている。

「俺にも見せてくれ」

手を伸ばして功兵衛は文書を受け取り、すぐさま目を落とした。

ここ最近、まるで乱心したかのように越中守さまの行状が乱れているゆえ、重職一同の判断により、座敷牢に押し込めた。改心し、行跡が改まりそうであれば、すぐさま解き放ち、竹坂家当主の地位に戻っていただく。

こんな意味のことが書かれており、最後に重臣を代表して内膳の名が記されていた。

馬鹿な、と功兵衛は文書を握り潰《つぶ》したくなった。

憤然とした熊太郎が詰所をいきなり出ていった。どこに行くつもりだ、と功兵衛は文書を手にあとをついていった。

――どうせ内膳のところだろう。

熊太郎が向かった先は、案の定、家老の詰所だった。乱暴に襖《ふすま》を開け放ち、敷居を一気に越える。

三人の家老が座していた。顔を寄せ合ってなにやら話し合っている様子だ。河田内膳、今岡外記《いまおかげき》、横山左京亮《よこやまさきょうのすけ》の三家老である。

「河田内膳っ」

怒鳴りつけ、熊太郎が内膳の前にどかりと座った。もし刀を差していたら、内膳に斬りつけんばかりの勢いだ。

刀は表御殿に入ってすぐ刀番の者に預ける決まりになっているから、表御殿内にいる者が腰に帯びているのは脇差《わきざし》のみである。

功兵衛は熊太郎の横に端座した。

「誰かと思えば、宮本どのと新しく小姓になったばかりの永見どのではないか。二人揃って、どうかしたのかな」

薄笑いを浮かべ、内膳が語りかけてきた。

「きさま、嘘ばかり並べおって」

熊太郎が功兵衛から文書を奪い取るようにし、それを内膳に見せる。

「きさまは昨晩、いや、もう今朝といってよい刻限だったが、人身売買をしていることを殿より責められ、それをやめると、きっぱりといったではないか。覚えがあろう」

「さてさて……」

困ったような顔になり、内膳が首をひねる。

「宮本どのがなにをいっておるのか、わしにはさっぱりわからぬ。その文書にも書いてある通り、乱心したゆえ殿は押し込められたに過ぎぬ。人身売買など、わしはしておらぬ。そのような真似、なにゆえわしがしなければならぬ」

「人身売買の件は初耳なのか今岡も横川も、なんのことだと、目をみはっている。

内膳をにらみつけて熊太郎が怒号を飛ばす。

「人身売買はおのが金儲《かねもう》けのためであろう。とぼけるつもりか」

「とぼけてなどおらぬ」

平然として内膳が答えた。

「宮本どのこそ、なにか夢でも見たのではないか。まだ若いのだ。しっかり睡眠をとるほうがよいぞ」

ならば、といって熊太郎がずいと体を乗り出す。

「殿を押し込めたことを、公儀に知らせるが構わぬか」

内膳を脅すように熊太郎がいった。

「ああ、やるがよい」

熊太郎をじろりと見返して、内膳が静かに答えた。

「押し込めは家臣の正当な権利よ。将軍だからといって、それを妨げることはできぬ」

確かに内膳のいう通りだ。

「ならば、人身売買の件を公儀に知らせるといたそう」

「根もない噂に公儀が耳を傾けると思うか」

「やってみねばわかるまい」

きさまは、と熊太郎が声を荒らげた。

「女子供の売り先は国内といったが、どうせ、抜け荷をしておるのであろう」

「抜け荷などしておらぬ。だが、公儀に訴え出るというのなら、やればよい。万が一、そのような噂を公儀が信じれば、竹坂家はお取り潰しになるかもしれぬ。それでよければ、やるがよい」

ふん、と鼻を鳴らして内膳がうそぶく。

「よそからやってきた殿を助けるために、竹坂家を潰そうというのか。呆《あき》れたものよ。おぬし、本末を取りちがえておるのではないか」

「俺は殿に惚《ほ》れ込んでおる。正義を行えぬ竹坂家が潰れようと構わぬ。俺は殿を救う道を選ぶ」

「私欲の塊のような男だな。私欲で御家を取り潰そうというのか」

熊太郎をじっと見て内膳がいった。

「私欲の塊とは、まさにきさまのことではないか」

「おぬしは、殿を助けることで公儀に恩を売り、そののち旗本にでも取り立ててもらおうとの魂胆であろう」

「馬鹿な」

吐き捨てるように熊太郎がいった。

「そんな気など毛頭ない。とにかく、殿を解き放てばよいのだ。さすれば、なにも起きぬ」

「できぬ。殿の行状が改まるまで座敷牢《ざしきろう》から出すわけにはいかぬ」

「ならば、俺はまこと江戸に行くぞ」

「ああ、行けばよかろう」

むしろ勧めるように内膳がいった。

「もっとも、おぬしが江戸に行っているあいだに殿が御病死されるかもしれぬが……」

ぎろりと目玉を動かし、内膳が功兵衛と熊太郎を見つめてきた。

面を上げて熊太郎がにらみ返す。

「脅す気か」

「そのような気はまったくない。わしは事実を口にしているのみ」

微笑し、内膳がさらりといった。

「とにかく宮本どの、したいようにするがよい。わしは止めはせぬ」

功兵衛は、二人のやり取りを聞いていて腹が立ってならなかった。腰に脇差がある。これで内膳を殺してしまえばよいのではないか。

内膳の命を断ってしまえば、残りの二人の家老など、どうとでもなろう。二人とも強いほうに従うしか能がないのだ。斉晴を座敷牢から出すことは、造作もないはずだ。

――俺は独り身だ。子もおらぬ。ここで死んだところで、悲しむのは糸吉くらいだろう。

腹を決め、功兵衛は脇差を引き抜こうとした。それを察したらしく、熊太郎が功兵衛の腕に手を置いた。かなり力がこもっており、功兵衛の手は動かなかった。

なにゆえ止めるのだ、と功兵衛は熊太郎を見やった。

功兵衛が脇差で刺そうとしたことは内膳も覚《さと》ったようだが、顔色一つ変えなかった。

「永見、引き上げるぞ」

熊太郎がいい、すっくと立ち上がった。千載一遇のこの機会を逃す意味が、功兵衛にはわからなかった。

「永見、さっさと来い」

いわれて功兵衛も仕方なく腰を上げた。家老の詰所を出て畳廊下を歩きはじめる。

「宮本どの、なにゆえ止めた」

熊太郎の横顔に眼差《まなざ》しを注いで、功兵衛は質《ただ》した。

「知れたこと。内膳を殺せば、殿も殺されるからだ」

「なぜそういえるのだ」

「内膳ほどの謀略好きがなにも手を打っておらぬと思うか。もし自分が殺されるようなことになれば、同時に殿のお命を縮めるに決まっている。そのくらいの手はずはととのえていよう」

歩きながら下を向き、功兵衛はそのことについて考えてみた。

——そうかもしれぬ。いや、きっとそうだ。もし俺が内膳を殺していたら、その知らせが即座に座敷牢に届き、殿は殺されていたであろう。

「済まぬ、思慮が足りなかった」

熊太郎に向かって功兵衛はこうべを垂れた。

「いや、本当のことをいえば、俺も内膳を刺し殺そうと考えていたのだ。だが俺たちが間近にいたにもかかわらず、内膳は落ち着き払っていた」

「確かにな……」

功兵衛は相槌《あいづち》を打った。

「俺にはあの落ち着きようは、妙でしかなかった。考えているうちに内膳が殿を、間髪を容《い》れずに殺せる手はずを取っているのだとわかった。殿を盾に取っていることを俺たちにわからせることで、やつはおのれの身を守ったのであろう」

悔しさとともに功兵衛は熊太郎と一緒に詰所に戻った。

同僚たちの目を逃れるように熊太郎が詰所の隅に座る。功兵衛は熊太郎の前に座した。

「やはり力ずくでやるしかない。それしか殿をお救いする手立てはない」

ぎらりと鈍い光を瞳《ひとみ》にたたえて、熊太郎がまたいい出した。功兵衛が内膳を殺そうとするのを止めるくらい察しがよいのに、なぜまたできぬことを口にするのか、功兵衛には理解できなかった。

「宮本どの、それは浅慮でしかない。それでは殿を助けられぬ。死なせるだけだ」

熊太郎をじっと見て、功兵衛は強くいった。

「まことに無理であろうか……」

暗い目で熊太郎がつぶやく。

「無理だ。ほかの手を考えなければならぬ」

「そうか、無理か……」

首を横に振り、熊太郎がうつむいた。

――どうやらわかってくれたようだな。

熊太郎の無謀な企てをやめさせることができたことに、功兵衛は安堵《あんど》の息をついた。

二

結局、有効な手を打つことなく夜を迎えた。

功兵衛はいったん屋敷に戻ることにした。詰所にいたところで、斉晴のためになにかできるわけではない。

屋敷に帰って食事をとり、風呂《ふろ》に入って英気を養うほうがよい。

それに睡眠も大事だ。眠っておかないと、いざというときに力が出ない。

――殿を救うために、俺はいったいなにができるだろうか……。

帰路、功兵衛は懸命に思案した。だが必死に頭を巡らせても、よい案は出てこない。おのれの無力さを思い知っただけだ。

——おや。

背後に妙な気配を感じた。誰かがつけてきているようだ。

——まさか俺を闇討ちにしようというのではあるまいな。

気を張り詰めて功兵衛は背後の気配を探った。

尾行者は殺気を帯びていない。ただ半町ほど後ろにいるだけで、功兵衛になにかするつもりはないようだ。

——俺を見張るよう、内膳に命じられたのだな。

功兵衛の動きを探ろうというのだろう。むろん功兵衛だけでなく、熊太郎たちにも尾行者はついているはずだ。

——宮本どのは気づいているであろうか。

見張りがいる以上、こちらの動きは内膳に筒抜けになるということだ。

——宮本どのや、意を同じゅうする者が怒りに任せて突っ走るようなことはないと思うが、もし暴発すれば、内膳の思う壺《つぼ》だ。やつは待ち構えておるぞ。

胸騒ぎのようなものを覚え、功兵衛は熊太郎の屋敷に行こうかと考えたが、どこの町に住んでいるのか、そのことを知らなかった。功兵衛は愕然《がくぜん》とするしかなかった。

——小姓衆の組屋敷はどこにあっただろう。

功兵衛は覚えがなかった。多分、多くの武官が暮らす岩沢町《いわさわまち》にあるのではないかと思うが、しかとしたことはわからない。加瀬津城下に住む者は、武家町人を問わず、ほとんどが寝についているのだ。あたりには誰もいない。

――俺の真意は、宮本どのにしっかり伝わっているはずだ。殿のためにも、決して無茶な真似はせぬであろう。大丈夫だ。

功兵衛は自らに強くいい聞かせた。しかし、漠とした不安が取り除かれることはなかった。

深夜九つの鐘が聞こえてきた。

決行の刻限だが、まだ座敷牢《ざしきろう》にはたどり着かない。

熊太郎たち四人の小姓は縁の下を這《は》いずり、奥御殿に向かっている最中だ。蜘蛛《くも》の巣が顔に絡みつき、着物は土まみれになったが、構わずひたすら前進を続けた。

殿を助け出さなければならぬ。その一念が体を突き動かしている。

――永見を引き入れられなかったのは痛いが、致し方あるまい。あの男は頑固すぎる。あれほどの腕があれば、恐れるものなどなにもないはずだ。どんな相手でも、たやすく打ち負かせるというのに……。

功兵衛抜きで決行するしかない。斉晴を内膳の手から取り返し、江戸に連れていく。そして、父親である将軍に内膳の悪行を訴え出るのだ。

熊太郎は仲間とすでに打ち合わせてある。

――大丈夫だ、きっとやれる。

座敷牢は、奥御殿の最も奥まったところにある。それだけは古参の小姓から話を聞いて、調べがついた。

そして、熊太郎たちは今ようやく座敷牢の真下あたりに到着したところだ。この先に建物は建っていない。ここが奥御殿のどん詰まりだ。

――ここでまちがいないだろう。

はっきりとしたことはわからないが、座敷牢の近くにいることは確かであろう。

熊太郎たちは少し戻り、畳が敷いてあるはずの座敷の下に移動した。

座敷牢は縁の下からは破れない。床板だけでなく天井、壁もがっちり補強してある。そのことは功兵衛から教わった。

頭上の気配を探って、熊太郎は誰もいないことを確認した。よし、と心中でうなずいて床板を外し、畳を持ち上げた。

熊太郎は頭を突き出し、左右を見回した。十畳ほどの座敷で、無人だった。ひんやりとしており、闇が重く居座っていた。

熊太郎に宰蔵、台右衛門、相兵衛の四人は音を立てることなく十畳間に上がり、素早く身支度をととのえた。

鉢巻、襷掛《たすきが》け、股立《ももだち》である。四人とも暮れ六つ過ぎにいったん屋敷へ帰り、新しい着物に替えてきた。

こたびの企ては討ち入りも同然である。薄汚れた着物で敢行するわけにはいかない。

――もっとも、今はもう泥だらけだが……。

それにしても、とそのとき熊太郎は気づいた。ともに来てくれた三人は、いずれも永見の組の者ではないか。

熊太郎と同じ組の小姓は、一人として熊太郎の言葉に耳を傾けてくれなかった。

――冷たい連中よ。

腹の中で毒づいて熊太郎は顔を歪《ゆが》めた。本当は自分に人望がないのはよくわかっていた。

――この中でまともに剣が遣えるのは俺しかおらぬ。俺がやるしかない。

手を伸ばし、熊太郎はほんのわずか襖《ふすま》を開けた。闇の中、左右に走る畳廊下が見える。

この廊下を五間ほど行った斜め向こう側の部屋が、座敷牢になっているはずだ。

熊太郎は襖から少し顔を出し、そちらを見やった。

何本ものろうそくが煌々《こうこう》と灯《とも》され、四人の侍が警固に当たっているのが見えた。

あれだけしかおらぬのか、と熊太郎は思い、拳《こぶし》を固く握り締めた。

——罠《わな》ではないか。

今一度、人数を確かめてみたが、どうやらまちがいなさそうだ。ほかに人はいそうになかった。

——四人なら俺たちと同じではないか。不意をつけば、勝てるぞ。

襖から顔を戻し、熊太郎は警固が四人であることを宰蔵たちに伝えた。それを聞いて宰蔵たちが奮い立つ。

「やれるぞ」

「ああ、必ず殿を助け出せる」

勇壮な言葉を吐いたものの、熊太郎も含め、そこにいる全員がいつしか震えはじめていた。これが武者震いというものか、と熊太郎は思った。まるで自分が戦国の武者になったような気がした。

「覚悟はよいか」

熊太郎は宰蔵たちに質《ただ》した。四人とも真剣での戦いは初めてである。

「覚悟はできている」

「必ず殿をお救いいたす」

「俺たちならやれる」

宰蔵たちが口々にいった。

「よし、行こう」

丹田に力を入れ、熊太郎は宰蔵たちに声をかけた。襖を静かに開け、廊下に出る。

ここまではろうそくの光が届いておらず、足元はひどく暗い。警固している四人には、熊太郎たちの姿は見えていないはずだ。

熊太郎たちは暗みの際まで行き、そこで息をととのえた。不意に、なにかが焦げているようなにおいを熊太郎は嗅《か》ぎ取った。

——なんだ、これは。

どこかで嗅いだような覚えがある。しかし、焦げたにおいくらいで、ぐずぐずしてはいられない。

熊太郎たちはうなずき合うや抜刀し、廊下をだっと走り出した。警固の四人まで、すでにほんの二間の距離しかない。

気配を感じ取ったか、四人がこちらを見た。それと同時に、さっと廊下に腹這いになった。

——なんだ、なにゆえそんな真似をする。

いきなり、どん、と腹に響く音がし、廊下の奥に閃光《せんこう》が走った。

鉄砲だ、と熊太郎は覚《さと》った。横にいた台右衛門が、ぎゃあ、と悲鳴を上げ、後ろに吹っ飛んだ。

どん、という音が続けざまに聞こえた。音がした直後、いくつもの光が正面で輝くのを熊太郎は目の当たりにした。

いきなり胸に強い衝撃を受けた。次の瞬間、うっすらと目に入ったのは天井だった。熊太郎は廊下に仰向《あおむ》けに倒れている自分を知った。

ううぅ、と横からうめき声が聞こえた。顔をねじ曲げてそちらを見た。

宰蔵が横向きに倒れ、もがき苦しんでいた。腹を撃たれたようで、臓腑《ぞうふ》とともに血がどろりと流れ出ていた。

熊太郎は反対側も見てみた。そこには相兵衛が横たわっていた。

どこを撃たれたのかわからないが、相兵衛の両眼は虚空を捉《とら》えていた。すでに息がないのは明らかだ。

最初に撃たれた台右衛門の姿は見えないが、同じように廊下に倒れているのだろう。うめき声すら聞こえないことから、もう息絶えているのかもしれない。

ふと宰蔵から声が途絶えた。死んでしまったようだ。

——俺たちは待ち構えられていた……。

内膳側が鉄砲を用意しているのだから、それは明白である。

——なにゆえ焦げたにおいが火縄のものだと気づかなかったのか。

気づいたとしても、襲撃はやめられなかっただろう。突っ込むしか手はなかったのだ。

——待ち構えていたということは、内膳め、俺たちの動きを知っておったのか……。

見張りがついていたのだろうか。そうかもしれない。

——気づかなかった。迂闊《うかつ》だった。

功兵衛がいうように、こたびの企ては無謀なものでしかなかった。

——これでは犬死にではないか。一矢報いてやる。

むせるような火薬のにおいが充満する中、熊太郎は刀を杖《つえ》のようにして上体を起こそうとした。だが、体に力が入らなかった。

びしっ、と音がし、いきなり刀がどこかに飛んでいった。熊太郎は支えを失い、廊下に再び倒れ込んだ。誰かに刀を蹴《け》られたことを知った。

目の前に人影が立っていた。その顔を見た途端、おっ、と熊太郎は声を上げた。実際には声になっていなかった。

「永見は加わらなかったようだな」

冷たくいったのは河田内膳である。

「あやつはおまえとちがい、頭がよい。おまえたちがこうなることがわかっていたのだな」

その通りだろう。だが熊太郎は、功兵衛が自分たちの無念を必ず晴らしてくれるような気がした。

まったく、といって内膳が毒づいた。

「神聖な奥御殿を血で汚しおって。これほど愚かな者どもが、この世におろうか」

――同じ家中の者を無慈悲に撃ち殺すような真似をしおって、きさまのほうがずっと愚かだ。それが証《あか》される日が必ず来るぞ。

その思いを最後に、熊太郎の視界から内膳が消えた。

その直後、なにも見えなくなった。暗黒の衣にすっぽりと包まれたのを、熊太郎ははっきりと感じた。

三

明くる朝、功兵衛は出仕するために屋敷を出た。斉晴が押し込めに遭ったというのに、ぐっすり眠ることができた。

そのことが申し訳ないような気がした。斉晴は熟睡できていないはずだからだ。

功兵衛が城へ続く道を歩きはじめると、内膳の手とおぼしき者が後ろをついてきた。

——夜っぴて見張っていたのか。なんともご苦労なことだ。俺はなにもせぬゆえ、張りついていても無駄だぞ。

背後の者にいってやりたかった。

「殿、どうかされましたか」

功兵衛の動きが妙だったか、後ろから糸吉がきいてきた。糸吉には内膳の見張りがついていることを、話していない。

糸吉はお調子者のところがあり、内膳の手の者がついていると知ったら、ちょっかいを出さないとも限らないのだ。

「いや、殿のことを考えていただけだ。案ずるな」

「はい、わかりました」

今日は天気がよいが、風が少し強かった。いつしか桜は、ほぼ満開になっていた。花びらや枝が、どこか誇らしげに揺れている。

その美しさを目の当たりにしても気持ちが晴れないのは、やはり斉晴のことが頭から離れないからだ。城に行っても会えないのがわかっており、それが辛《つら》くてならない。

――城に着いたら、殿が座敷牢《ざしきろう》から解き放たれているということはないだろうか。

むろん望み薄であるのはわかっていた。

大手門をくぐり、城内に入った。本丸御殿を目指し、歩みを進めた。玄関に足を踏み入れ、畳廊下を歩きはじめる。

小姓の詰所には、今日も大勢の者が詰めていた。昨日以上に落ち着かない雰囲気である。

――なにか新たなことがあったのだろうか。

功兵衛は、熊太郎の姿が見えないことに気づいた。宰蔵、相兵衛、台右衛門もいないようだ。

どうかしたのだろうか、と功兵衛は思った。

――まさかとは思うが、その四人で無茶をしようというのではないだろうな。

「永見どの、聞いたか」

同じ組の川原安之助《かわはらやすのすけ》という男が近づいてきた。ずいぶん暗い顔をしている。

やはりなにかあったな、と功兵衛は直感した。

「なにをでございましょう」

「宮本どのたち四人が死んだことだ」

どこか苛立《いらだ》ったように安之助がいった。

「ええっ」

功兵衛は驚愕《きょうがく》し、息が止まったような心持ちになった。ごくりと唾《つば》を飲む。

「どういうことでございましょう。なにがあったのでござるか」

「それがしもあまり詳しくは知らぬのだが」

これまでに耳に入ってきたことを、安之助が語った。それを聞き終えて、ああ、という声が功兵衛の口から漏れた。

――あれほど止めたのに、宮本どのたちはやってしまったのだ。俺の声は宮本どのに届いておらなんだのか……。

悔しくてならない。壁を殴りつけたくなった。

――宮本どのは、内膳の見張りがついていることに、気づいておらなんだのか……。

おそらくそういうことなのだろう。気づいていたら、軽挙に出るはずがない。

しかも、熊太郎たちは鉄砲で撃ち殺されたという。内膳側が熊太郎たちを待ち構えていたからこそ、できる業ではないか。

宮本どのが見張りに気づかなかったとは、と功兵衛は思った。斉晴のことでよほど頭に血が上っていたからだろう。

――しかし信じられぬ。

熊太郎、宰蔵、相兵衛、台右衛門の四人がもうこの世にいないことが、うつつのこととは思えなかった。知り合ってまだ二日ばかりしかたっていないのに、ぶつりと音を立ててつながりが切れてしまった。

一昨夜、人身売買の船に乗り込もうとしたとき、熊太郎は功兵衛の手をがっちり握り、引っ張り上げてくれた。

――あれほど力が強かった者が、今はあの世にいるのか……。

功兵衛は暗澹《あんたん》とするしかない。

「宮本どのたちは、殿を座敷牢から出そうとしただけでなく、内膳さまを闇討ちしようとしたらしい」

なおも安之助がいった。

「なんと――」

だが、それは嘘だろう、と功兵衛は覚《さと》った。熊太郎たちは座敷牢のそばで死んだはずだ。内膳を闇討ちにしようとしたというのは、その場で熊太郎たちを撃ち殺すための口実に過ぎないのではないか。熊太郎たちは濡衣《ぬれぎぬ》を着せられたのだ。

「それゆえ、宮本どのたちは葬儀も許されぬらしい」

筆頭家老を闇討ちにしようとしたという名目があるなら、当然のことだろう。

「四家とも、残念ながらお取り潰《つぶ》しは免れぬであろう」

無念そうに安之助がいった。なんということだ、と功兵衛は腹が煮えた。内膳のせいで、四家の家族や奉公人が路頭に迷うことになるのだ。

憤怒《ふんぬ》が体に満ち、功兵衛は抑えきれそうもないものを感じた。

――やつを昨日、殺しておけばよかった。

そうすれば、熊太郎たちが死ぬことはなかった。考えてみれば、本当に内膳が斉晴を殺す手はずをととのえていたか、定かではないではないか。

――やはり俺は千載一遇の機会を逃してしまったのだ……。

くそう、と功兵衛は自らを罵《ののし》った。殴りつけたい気分だ。

――宮本どののたちの無念を晴らすため、内膳を討たなければならぬ。どうすれば殺せるだろうか。河田屋敷に忍び込み、時機をうかがうのがよいか。だが、そう都合よく内膳の屋敷に忍び込めるものなのか。

――父上は重臣を亡き者にしたことがあるのだろうか。あるとするなら、手立てを聞きたかった。

――やはり、夜道を来たところを殺《や》るのがよいのか。

しかし、狙われるかもしれないとわかっていて、内膳が夜、出かけるとは思えなかった。出かけるにしても、大勢の家臣に囲まれているだろう。

――家臣の垣を破って、やつを討ち取ることができるだろうか。

相手が五、六人くらいなら、なんとかやれそうな気がする。だが、それ以上の人数は、無理なのではないか。

――もし多勢の敵を引き受けることになれば、俺は本懐を遂げることなくあの世行きであろう……。

この加瀬津の地に、と功兵衛は思った。殺し屋はいないのであろうか。いるのなら、仕事を頼みたい。

――いや、それはならぬ。俺の手で内膳を屠《ほふ》らなければならぬ。

しかし、どんなに考えても、内膳を殺すためのうまい手立てが浮かばない。

——俺には、殺し屋としての才はないのかもしれぬ。

頭を冷やすために、功兵衛は詰所を一人出た。外に出て春風に当たれば、よい案が湧いて出るかもしれない。

刀係の者から刀を返してもらい、功兵衛は本丸御殿を出た。あたりを吹く風が心地よかった。

本丸には数本の桜が植えてあるが、満開にほぼ近い花をつけていた。人になにがあろうと、桜には関係ないのだ。花をつけ、あっという間に散っていく。

——うじうじと悩んでいる俺とは似ても似つかぬ。

桜の潔さが功兵衛はうらやましかった。

——刀も戻ったことだし、家に帰るとするか。

城内にいても、なにもすることがない。欲に駆られた人の営みが、虚《うつ》ろなものにしか思えなかった。

刀を腰に差し、功兵衛は大手門を目指して歩き出した。

「あっ、殿」

功兵衛が大手門をくぐり抜けると、糸吉が立ち上がり、足早に近づいてきた。弁当の入った風呂敷《ふろしき》包みを手にしている。

——ああ、俺は弁当を詰所に置いてきてしまったな。

取りに戻ろうという気はない。明日また新たな弁当をつくればよいだけだ。弁当箱は、父が使っていたものが今も残っている。

「こんなに早くお戻りでございますか」

「ああ、早退だ」

一瞬、糸吉が大丈夫なのか、と功兵衛を気遣うような顔つきになった。

「糸吉、帰るぞ」

「はい、わかりました」

功兵衛は糸吉とともに城をあとにした。

「あの、宮本さまたち四人もの御小姓が亡くなったと聞きましたが、それはまことのことでございますか」

後ろから糸吉が問うてきた。

「糸吉、それを誰から聞いた」

「大手門を行きかう人たちが、しきりにその話ばかりしているもので、自然に耳に入ってまいりました」

そういうことか、と功兵衛は思った。

「まことのことだ」

前を向いたまま功兵衛は告げた。

「さようにございますか……」

悲しげな声で糸吉がいった。

「お殿さまが押し込めになり、宮本さまたち四人が亡くなるなど、いやなことばかり続きますね」

「まだまだ続くかもしれぬ」

えっ、と糸吉が不安そうな声を出す。

「それはまた不吉な……。殿、なにが起きるのでございますか」

「それはわからぬが、これで終わりということは、まずあるまい」

その後は無言で道を進み、功兵衛たちは屋敷に帰り着いた。

功兵衛は茶の間に入り、座り込んだ。このまま横になって、眠りたいほどひどい疲れを覚えていた。

――ひと眠りし、頭を休ませれば、内膳を殺すための手を考えつけるだろうか。

いつものように糸吉が薪《まき》割りをはじめたようで、小気味よい音が響いてくる。糸吉は剣術の才はないが、薪割りに関しては名人といってよい。

——しかし宮本どのが死んでしまったか。俺を追い抜くと息巻いていたが、まさかこのような形で最期を迎えるとは……。

かわいそうでならない。そのとき薪割りの音が不意にやんだ。誰か訪ねてきたようだ。女ではないか。

——どなただ。

叔母《おば》さまだろうか、と功兵衛は思った。だが、節代とはちがうような気がする。

糸吉が応対に出て、なにやら話しはじめた。あの女性の声は、と功兵衛の胸は、どくんと高鳴った。

——弥生さまではないか。

まちがいなくそうであろう。

——なにゆえ弥生さまが我が屋敷に……。

功兵衛が殺そうと考えている男の娘である。

「殿——」

泡を食った感じで、糸吉が茶の間にやってきた。

「どうした」

糸吉

なに食わぬ顔で功兵衛はたずねた。

「河田さまのお姫さまがいらっしゃいました」

やはり弥生さまだったか、と功兵衛は思った。気持ちの高ぶりを抑え込み、糸吉にさり気なく問う。

「用件をきいたか」

はい、と糸吉がうなずいた。

「おききしましたが、手前にはおっしゃいませんでした」

そうか、といって功兵衛は立ち上がった。高鳴る胸を押さえて玄関に出る。

どこか心細げな表情で、弥生がぽつねんと立っていた。

「弥生さま」

式台に端座し、功兵衛は声をかけた。

「どうされました」

あの、と顔を真っ赤にして弥生がいった。

「功兵衛どののお顔をどうしても拝見したくなり、来てしまいました」

「なんと……」

思いもかけない言葉で、功兵衛は座ったまま固まった。

意を決したように弥生が口を開く。

「こたびの殿さまの一件、私はとても心を痛めております。なにゆえ父上は殿さまを押し込めるような真似をしたのか……」

済まなそうに弥生が身を縮める。なにも知らぬのだな、と功兵衛は思った。

──弥生さまに、正直に教えるべきなのだろうか……。

「功兵衛どのは、なにかご存じなのではありませぬか」

功兵衛をまっすぐ見て弥生がいった。弥生さま、と功兵衛は声をかけた。

「中に入られますか」

「ああ、はい。功兵衛どのが構わぬのなら」

「もちろん構いませぬ。どうぞ、お入りください」

功兵衛は、玄関脇の客座敷に弥生を導いた。襖《ふすま》は閉めず、開け放ったままにする。

「さあ、功兵衛どの、どうか、ご存じのことをお話しください」

弥生がせっつくようにいった。功兵衛は弥生を見据えるようにした。なぜそんな風に見られるのか、理由がわからないようで、弥生が、ごくりと息をのんだ。

「それがしは、弥生さまのお父上を殺そうと思っております」

思い切っていうと、えっ、と弥生が口を開けた。いわれた意味がわからないような顔をしている。

「な、なにゆえです」

身を乗り出して弥生がきいてきた。功兵衛はわけを語った。

ええっ、といって弥生が声をつまらせた。

「今のお話は、まことのことなのですか」

弥生が居住まいを正して問うてきた。

「すべて本当のことでございます」

功兵衛はごまかすことなく答えた。それならば、と弥生がいった。

「功兵衛どのが父を殺したくなるのもわかります。私は娘として、父の所業が恥ずかしくてなりませぬ」

下を向き、弥生が唇を嚙《か》んだ。

「私も、父の企てに加担していたようなものです」

「いや、弥生さまはなにも知らなかったのだ。どうすることもできませぬ」

いえ、と弥生が首を横に振った。

「私が豊かな暮らしを続けてこられたのも、裏で父がそのようなことをしていたからでしょう。なにも知らなかったというのは、言い訳になりませぬ。どこかに売られていった人たちは、今も苦しんでいるのではないでしょうか。あまりにかわいそうです」

弥生は今にも涙ぐみそうになっている。

「弥生さまがそう思うのなら、父上を説得してください。人身売買をやめ、殿を座《ざ》敷牢《しきろう》から解き放つよう……」

わかりました、と弥生が即答した。音もなく立ち上がる。

「今から父上に会ってまいります」

今からとはさすがに弥生さまだ、と功兵衛は感心した。

「それは素晴らしい」

はい、と弥生が形のよい顎《あご》を引いた。

「殿さまを、一刻も早く座敷牢から出して差し上げたいのです。それには、父と少しでも早く話をするのがよろしいでしょう」

その通りだ、と功兵衛は思った。

「では功兵衛どの、私は帰ります」

鮮やかな色合いの着物の裾《すそ》を翻し、弥生が客座敷を出ていく。腰を上げた功兵衛は、そのあとをついていった。着物に香を焚《た》きしめているのか、弥生からはよい香りがふんわりと漂った。

弥生が玄関で草履を履いた。式台に座る功兵衛を見つめてくる。

「あの、一つ申し上げておきます」

少し恥ずかしそうに弥生がいった。

「なにやら噂が立ったようですが、それは偽りです」

なんのことだ、と功兵衛は訝《いぶか》しんだが、すぐにぴんとくるものがあった。

「もしや、弥生さまが殿の御側室になるという噂でございますか」

さようにございます、と弥生がいった。

「それは、根もない噂に過ぎませぬ」

斉晴が内膳の手で押し込めになった以上、弥生が側室になることはもはやあり得ないことだが、両者の関係が良好だった時期においても、側室になることはなかったと、弥生はいいたいのだろう。

そのことがわかり、功兵衛はほっとした。

——ああ、なんということだ……。

斉晴が押し込めに遭っている今、弥生のことで安堵《あんど》している自分がいることを知り、功兵衛は愕然《がくぜん》とした。

四

人身売買をしていた不審な船での捕り物からの帰り、斉晴は河田屋敷を訪ねて内膳に会った。

内膳は人身売買をやめると明言した。斉晴はその言葉を信じた。

じきに明け方という頃に城へと戻り、ようやく眠りに就くことができた。もうへとへとだった。

妻の志都と同じ布団で熟睡していると、誰かが足音荒くやってきたらしいのが知れた。

——なんだ。ここは奥御殿だぞ。

斉晴は夢見心地だったが、いきなり、起きなされ、と強くいわれて目を覚ました。

眼前に一人の男が立っていた。終夜、灯《とも》されている行灯《あんどん》の明かりが男をやんわりと照らしている。

「なにやつ」

寝ぼけながらも斉晴は誰何《すいか》した。

「ここは奥御殿だ。おまえのような者が入ってよいところではない」

「それがしは、目付頭の織尾紋之丞でございます」

悪びれもせず男が堂々と名乗った。背後に配下らしい者が四人ばかり控えている。

――なんだとっ。なにゆえ目付がこのようなところまで入り込んでいるのだ。

斉晴の頭は混乱した。上体を起こし、織尾をにらみつける。妻の志都も目を覚ましたらしく、跳び起きた。

「織尾、いったいなんの真似だ」

両肩を張り、斉晴は怒鳴りつけた。ようやく眠気が去り、頭がすっきりしはじめている。

「筆頭家老さまの命で、殿を捕縛しにまいりました」

「なんだと。内膳の命だというのか」

「さようにございます」

腰を折って紋之丞が肯定した。内膳め、と斉晴は歯ぎしりした。

――人身売買のことをつかまれて、余の口封じをする気だな。

「殿、立ってくださいますか」

「いやだといったら――」

「力ずくで殿を引っ張り出すことになりましょう」

「やれるのか」

「やるしかありますまい」

織尾、と斉晴は呼んだ。

「おぬしは内膳の一味なのか」

「さて、どうでございましょう」

馬鹿にしたように紋之丞が小さく首を振った。くっ、と斉晴は奥歯を嚙み締めた。

「一味なのだな。きさまも悪事に手を染めているのか」

「悪事かどうか、殿が判断されることではありませぬ」

「見損なったぞ」

はは、と紋之丞が軽い笑い声を上げた。

「もともと殿は人を見る目がございませぬ。どうぞ、おいでくだされ」

配下の四人の目付が布団を踏んで近づいてきた。得物があれば、と思ったが、近くにはなにもない。

「お手向かいなされぬよう」

斉晴をじっと見て紋之丞が釘《くぎ》を刺すようにいった。

「もしされるなら、手荒な真似をすることになります」

両側から手を差し込まれ、斉晴は無理矢理に立ち上がらされた。

――剣術だけでなく、余がなんらかの体術を会得しておれば、このような者たちに無礼な真似をさせぬものを……。

あまりの悔しさに斉晴は身悶《みもだ》えした。

「こちらにおいでください」

織尾が手を振り、斉晴は寝所の外に連れ出された。呆然《ぼうぜん》として志都が見送っている。

宿直《とのい》の小姓が四人、畳廊下に座っていたが、縄でがっちりと縛《いまし》めをされていた。抵抗する間もなく捕らえられたのがわかった。

斉晴はそのまま表御殿に連れていかれた。いくつもの明かりの入った大書院に、内膳たち重臣が勢ぞろいしていた。

斉晴は一応、上座に座らされた。内膳が前に出る。

「我ら全体の意思でござる。殿は主君として不適でござる」

斉晴をねめつけて内膳がいった。他の家老や中老《ちゅうろう》、重臣たちがそれに大きくうなずく。

――こやつらは同じ穴の狐であったか。

「殿の行状が改まるまで、座敷牢《ざしきろう》に押し込めに処すことになりもうした」

斉晴をじっと見て、内膳が宣した。その結果、斉晴は奥御殿の最も奥まった位置にある座敷牢に押し込められたのである。


いま考えてもあの日のことは信じられぬ、と斉晴は思った。

――将軍の子である余が、なにゆえこのような目に遭わねばならぬのだ。

あまりに理不尽ではないか。

ふむ、と斉晴は畳に座したまま鼻を鳴らした。

――しかし、めげてなどおれぬ。なんとかここから脱する手立てを見つけねば……。

気がおかしくなってしまう。なにしろ、ここに押し込められて、どのくらいたったか、すでにわからなくなっているのだ。半月のような気もするし、まだ三日くらいのような気もする。

このままでは強引に隠居させられるのではないか。おそらく病のために隠居、という名目になるだろう。江戸にいるまだ二歳の嫡男が竹坂家の跡を継ぐことになろうか。

――しかし、江戸にいる父上が、まだ若い余が病にかかり、隠居せざるを得なくなったなどと、お信じになるだろうか。

父は相当、疑り深い。その疑り深さがあったからこそ、三十年以上も将軍であり続けたのだ。

内膳もそのことはわかっているはずだ。父に怪しまれないよう、隠居に持っていこうとするのではないか。

――内膳はどんな手を使って、余を隠居に追い込むつもりか。

病ではないか、という気がしている。このところ、斉晴は体調がすぐれないのだ。日の光を浴びていないからか、と最初は思っていたが、どうやらちがうようだ。

――余は毒を盛られているのではないか。

まちがいなくそうであろう、と斉晴は思った。日々の食事に、徐々に効いていく毒が仕込まれているのではないか。

――となると、余はもう長くないのか。

それとも、どこかで毒を止め、病の状態にするつもりなのか。

とにかく、このまま押し込められたまま朽ちていくことになるかもしれない。

――それでよいのか。

よいはずがない。なんとかしたい。

使えるとしたら、小次郎《こじろう》だろう。牢番の老人のことである。

唯一の話し相手がその老人で、斉晴はすっかり仲よくなったのだ。気心は知れておる、と勝手に思い込んでいる。

老人は口が利けないが、気のいい男だった。名は教えられていないが、斉晴は小次郎という名を勝手につけたのだ。体が小さいからだ。

小次郎は毎日二食、斉晴のために膳《ぜん》を持ってきてくれる。御虎子《おまる》の始末もしてくれる。

もうじき夕餉《ゆうげ》だ。また斉晴のために小次郎が膳を持ってくるはずだ。

――それにしても、宿直の小姓たちはどこにいるのか。

おそらく町奉行所の揚屋にでも入れられているのではないか。命を害されるようなことはなく、いずれ解き放たれるはずだ。

やがて暮れ六つの鐘が鳴り、小次郎が姿を見せた。

「小次郎、頼みがある」

どこに監視している者がいるかわからず、斉晴は小声でいった。興を抱いたような顔で、小次郎が見つめてくる。

「次に来るとき、筆と紙を持ってきてもらえぬか」

わかりました、というように小次郎がうなずいた。ゆっくりと下がっていく。

斉晴は夕餉を食しはじめた。毒が入っているのはわかっているが、食べないと体力が保たない。

そういえば、と斉晴は思い出した。あれは昨日のことであろう。深夜、横になっていたらいきなり鉄砲の音が響き渡ったのだ。

何人かが座敷牢の近くで撃ち殺されたようだ。内膳が熊太郎に語りかけているように思えたから、斉晴の小姓が何人か殺されたにちがいあるまい。

――余を助けに来て、熊太郎たちが撃ち殺されたに相違ない。

功兵衛も死んでしまったのだろうか。死者の中にいなかったと信じたい。熊太郎たちの企てに、あまりに無謀とみて加わらなかったのではないか。

――余のために、前途ある者が何人も死んでしまった……。

その者たちの無念も晴らしたい。

――なんとかせねば……。

夕餉はいつもと同じく、ずいぶん濃い味つけだ。これは毒をごまかすためだろう。

うまくもない夕餉を終えた斉晴のもとに、膳を片づけに小次郎がやってきた。手を差し出し、袱紗《ふくさ》包みを斉晴に渡す。かたじけない、と斉晴はありがたく受け取った。

「小次郎、しばし待ってくれ」

暗い中、斉晴は袱紗包みを開き、矢立と紙を取り出した。それらを使い、二通の文を書いた。一通は功兵衛宛《あ》てである。

「この二通の文を永見功兵衛という者に渡してほしい。小次郎、できるか」

できるというように小次郎がうなずいた。

「功兵衛は竹園町に屋敷があるはずだ。普請方の組屋敷だ。わかるな」

小次郎が大きく首を上下させた。

「では、頼む」

斉晴は二通の文を小次郎に託した。小次郎は決意を感じさせる目で斉晴を見てから、懐に二通の文をしまい入れた。

膳を捧《ささ》げ持つようにして斉晴の前から去っていった。

五

夕餉を食しながら功兵衛は、弥生どのは父上を説得できただろうか、と考えた。

――無理かもしれぬ。誰からそのようなことを聞いたと、弥生どのは問い質《ただ》されるかもしれぬな。

他出を禁じられるのではあるまいか。

もし弥生の説得が不首尾に終わるのなら、やはりこの手で、内膳を亡き者にしなければならない。

——俺は死んでもよい。刺しちがえてでも、やつを殺さねばならぬ。

全身に力を込めて功兵衛は決意を新たにした。夕餉を終えると、刀の手入れをした。

——この刀で必ず内膳を殺《や》ってやる。

刀の手入れのあとは庭に出て、闇の中、素振りをした。久しぶりの真剣での稽古《けいこ》である。半刻《はんとき》ほど熱心に稽古を行った。

ちょうど糸吉が風呂《ふろ》を沸かしてくれていた。沸きましたよ、というので功兵衛は入り、汗を流した。一応、用心のために風呂に愛刀を持ち込んだ。

湯船に浸《つ》かっていると、湯加減はいかがですか、と糸吉が外から声をかけてきた。

「ちょうどよいぞ」

「それはようございました」

そんなやり取りのあと、功兵衛は風呂を出た。手ぬぐいで全身を拭《ふ》きながら、糸吉も入れ、と命じた。

「はい、ありがとうございます」

風呂を出て着替えを終え、功兵衛は茶の間に戻った。座り込んだ途端、外から人の気配がした。糸吉は風呂に入っている。

――誰が来たのだ。

内膳からの刺客かもしれない。ほたほた、と戸が叩《たた》かれた。刺客ではないのか。用心しつつ功兵衛は玄関に下りた。戸越しに、誰何《すいか》する。しかし応《いら》えがなかった。

――何者だ。

気配は消えていない。訪ねてきた者はまだそこにいるのだ。

――なにゆえなにもいわぬ。

また戸が叩かれた。意を決し、功兵衛は戸を開けた。一人の老人が立っていた。見覚えがない顔だ。

「誰だ」

しかし老人はなにもいわない。

「もしや口が利けぬのか」

そうだといわんばかりに、うんうん、と老人が点頭した。

「何用だ」

懐に手を入れ、老人が文らしき物を取り出した。それを功兵衛に押しつけてくる。受け取り、功兵衛はこの文を差し出した者が誰か、裏返してみた。そこには、越、とだけ書かれていた。

――これは越中守さまのことか……。

斉晴からの文だと知れ、功兵衛は息が止まるほど驚いた。

――なにゆえこの老人が殿の文を持ってきたのか。

とにかく中身が気になり、功兵衛は文を開いて読んだ。

――なんと……。

仰天したことに、斉晴は毒殺されかけているとのことだ。今すぐに救い出したい衝動に駆られる。だが、一人ではなにもできない。

文はもう一通あり、それは現将軍宛《あて》だった。その文になんと書いてあるか気になったが、開けるわけにはいかない。

おそらく、と功兵衛は思った。それには、竹坂家による人身売買のことが詳しく書かれているのではないか。

功兵衛宛の文には、もう一通の文を持って我が父上に訴え出るようにとも書かれていた。

――これを公儀に差し出せば、竹坂家は取り潰《つぶ》しだろう……。

さすがに迷いがある。

だが、このまま人身売買を許すわけにはいかない。竹坂家が裕福なのは、他者の不幸の上に成り立っていたのだ。

――正さねばならぬ。

そうしなければ、他領で不幸な者がさらに続出することになる。

「承知いたした、と殿に伝えてくれるか」

老人が大きくうなずき、外に出る。木戸門まで進んで、功兵衛は老人を見送った。提灯《ちょうちん》をつけて老人が去っていく。だいぶ遠ざかり、姿が見えなくなった。そのとき、怒鳴るような声がそちらの方角から聞こえてきた。

――なにが起きた。

今の老人を詰問している者がいるようだ。功兵衛を見張っている者だろう。

放っておけない。刀を手に功兵衛は走った。

先ほどの老人が二人の侍に武家屋敷の塀に押しつけられていた。

「なにをしている」

功兵衛は鋭い声を放った。

「やめろ」

なんだと、というように一人が功兵衛をにらみつけてきた。

「その年寄りは口が利けぬ。無理に問い質してもなにもいわぬぞ」

功兵衛は二人の侍から老人を引き離し、背後にかばうようにした。

「なにをする」

ぎらりと瞳《ひとみ》に光を宿らせるや、右側の侍が抜刀し、斬りかかってきた。

功兵衛は年寄りをかばいながら、刀を抜かずに応戦した。相手を斬るのはたやすかったが、その気はなかった。

横合いからもう一人の侍が斬りかかってきた。その者は老人を斬った。

「なっ、なにをするっ」

一気に頭に血が上り、目がくらんだ。功兵衛は刀を抜き、その侍を一刀のもとに斬り伏せた。血を噴き出しながら侍が体を地面に叩きつけるように、どう、と横転した。もう息絶えているのは明らかだ。

——あっ、斬ってしまった。

まちがいなく内膳の家臣であろう。文を持ってきた老人も事切れていた。

——なんということだ。

もう一人は仲間が斬られたのを見て、逃げ去ったようだ。

——もはや殿の命通りにするしかない。

咄嗟《とっさ》に腹を決め、功兵衛は屋敷に戻った。いざというときに使え、と父からいわれていた袱紗《ふくさ》包みを納戸の箪笥《たんす》から取り出し、中を見た。驚いたことに五両もの大金が入っていた。

——これは助かる……。

「殿、なにかございましたか」

風呂から出たばかりらしい糸吉が声をかけてきた。

「糸吉、江戸に行く。旅支度をするのだ。急げ」

「えっ、江戸でございますか」

「早くしろ」

「は、はい、わかりましてございます」

父に深く感謝してから袱紗を結び、功兵衛は懐にしまい入れた。斉晴からもらった大事な着物などを風呂敷《ふろしき》でしっかり包み、荷物をまとめる。

手甲と脚絆《きゃはん》をつけ、荷物が入った風呂敷を肩にかけて深編笠《ふかあみがさ》をかぶる。その出で立ちで功兵衛は屋敷を出た。風呂敷包みを担ぎ、振り分け荷物を肩にかけた糸吉が後ろに続く。

「提灯をつけましょう」

「いや、やめておけ」

えっ、という顔をしたが、糸吉は素直に従った。

あたりに人影はなく、功兵衛は足早に闇に紛れた。道を行くと、二つの死骸《しがい》はまだそこにあった。

「これはいったい」

なにがあったか、功兵衛は糸吉に手短に説明した。

「えっ、そのようなことが……」

――済まぬ。

心で手を合わせてから、功兵衛は糸吉とともに道を急いだ。それにしても、と思い、懐を押さえる。

――父上はいつ、このような大金を手に入れられたのか……。

政争の際の殺しの報酬ではないか。それしか考えられない。

父が手を汚してつくった金だが、今は遺《のこ》してくれてありがたい、との思いしかなかった。

これだけの金があれば、贅沢《ぜいたく》さえしなければ、まちがいなく江戸に行けるはずである。

功兵衛たちは足を急がせた。こんなときだが、夜桜がずいぶん美しく見えた。

加瀬津湊からは江戸行きの船が出ている。

それに乗れば、疲れることなく江戸まで行ける。

だが、糸吉と二人ではかなりの金がかかるし、夜のことで、船には乗れそうもない。今すぐ江戸に向かって出る船があるとも思えない。

とにかく、懐の五両は大切に使わなければならない。功兵衛は陸路で江戸を目指すことにした。

――清風のような馬がいれば、あっという間に江戸に着けようが……。

すでに追っ手がかかっているのは、まちがいない。功兵衛が船を使わなかったことは、調べればすぐにわかるだろう。

――追っ手は馬で来るであろうな。

いずれ追いつかれるのはまちがいなかった。

十国街道に出た功兵衛は、糸吉とともに東に向かってひたすら夜道を急いだ。

どのくらい歩いたものか、どこからか鳥の声が聞こえてきた。

「ああ、もう朝でございますな」

深編笠を上げて功兵衛が行く手を見やると、東の空がしらじらと明けてきた。

その直後、後ろから蹄《ひづめ》の音が聞こえてきた。馬が何頭かいるようだ。

――来たな。

「糸吉、後ろに下がっておれ」

はい、と答えて糸吉が杉の大木の陰にそそくさと隠れた。

深編笠を脱いで功兵衛は十国街道の真ん中に立った。あたりに人けはまったくない。

追っ手らしき影が目に入った。数えてみると、馬は五頭いた。

「いたぞ」

先頭の刺客が馬上で声を上げた。五人の刺客が馬を止め、地面に下り立った。すらりと刀を抜き、功兵衛を取り囲む。

「内膳の家臣か」

きいたが、男たちは答えない。

「仲間の骸《むくろ》を見たであろう。ああなりたくなければ、俺に手出しはやめておくことだ」

男たちから反応がなく、功兵衛はさらに続けた。

「おまえたちでは俺を斬れぬ。まことにやめておくほうがよいぞ」

うるさい、といわんばかりに一人が気合を込めて斬りかかってきた。

「警《いまし》めはしたぞ」

申し訳ないと思いつつも、功兵衛はその男を斬った。もとより殺す気はなく、ふくらはぎに傷を負わせただけだ。男が大きな音を立てて地面に倒れ込む。

それを機に残りの四人が襲いかかってきた。功兵衛はひらりひらりと男たちの攻撃をかわしつつ前に進み、刀を振っていった。

功兵衛は四人の後ろにするりと抜けた。痛い、痛《いて》えよ、と四人が叫びはじめた。四人とも立っていられず、地面に座り込んでいる。

——これでよい。

「この二頭はいただいていく」

男たちのそばを離れずにいた二頭の馬をもらい、功兵衛はそれにまたがった。糸吉は馬に乗れない。

「これを引いてこい」

もう一頭の差縄を糸吉に持たせた。

「糸吉、行くぞ」

はい、と答えて糸吉が馬を引きはじめた。功兵衛は馬腹を軽く蹴《け》った。馬が走り出したが、すぐに手綱を引いた。馬が速度を緩める。

——うむ。よくいうことを聞く馬だ。

もとより馬で駆けるつもりはなかった。今は糸吉の足に合わせなければならない。

その後は急ぎに急いだ。途中、路銀が尽きると、二頭の馬を続けざまに売った。

かなりの額になり、馬をもらっておいてよかった、と功兵衛は心から思った。

信州《しんしゅう》の諏訪《すわ》からは中山道《なかせんどう》を外れ、甲州街道《こうしゅうかいどう》に入った。

旅籠《はたご》は使わず、できるだけ木賃宿に泊まった。未明に宿を出て、夜に宿に入るということを繰り返し、この日の昼過ぎ、功兵衛はついに江戸を目前にしていた。

「もうじき江戸ですよ、殿、やりましたね」

疲れ切っているようだが、糸吉はうれしそうだ。旅をしているうちに、桜の季節は終わったようだ。江戸ではとうに葉だけになっていた。

「これからどうしますか」

内藤新宿《ないとうしんじゅく》に入ったとき、糸吉がきいてきた。

「そうさな」

腕組みをして功兵衛はつぶやいた。

功兵衛に、江戸上屋敷を訪ねるつもりはない。捕らえられる恐れがある。内膳からすでに急使は届いているはずだ。もし功兵衛があらわれたら引っ捕らえよ、と上屋敷の者は厳命されているだろう。

——それにしても、いま殿はどうされているのか。

案じられてならない。

——まさかもう亡くなったというようなことはないだろうか。

あるはずがない、と功兵衛は断じた。

——あの殿がそんなにたやすく死なれるはずがない。

それにしても、と功兵衛は思った。将軍に会うのにはどうすればよいか。老中《ろうじゅう》や若年寄にすらなかなか会えないというのに。

駕籠訴《かごそ》しかないだろうか。老中など重職の者の駕籠が通りかかったとき、竹で文を挟んで差し出すやり方だ。

——しかし将軍の駕籠にそんなことをしたら、即座に打ち首になるような気がするが。

四谷《よつや》の大木戸を過ぎたとき、功兵衛はふと何者かの目を感じた。その直後、永見どの、と声をかけられた。

──なにやつ。

功兵衛はそちらに目を向けた。糸吉も驚いている。

そこにいたのが伊田与五郎だったからだ。

家中の剣術大会において二回連続で優勝した男だ。久しぶりに姿を目にしたが、さすがの腕をしているのが知れた。

──やはりこの男は強い。

「俺はおぬしを捜していた」

功兵衛を見つめて与五郎がいった。

「伊田どのは、なにゆえここに……」

「おぬしは重罪人とのことで、手配り状が上屋敷に回ってきたのだ」

そのことに驚きはむろんない。

「手配り状が回ってきたとき、俺は心から驚いた。家中の剣術大会で、俺は常に誰かの眼差《まなざ》しを感じていた。最初はどこから見ているのか、さっぱりわからなかった。だが、最後の試合の際、俺は眼差しの主を突き止めた。そこにいたのは、おぬしだった」

剣術大会の際、与五郎のことはあまり見つめ過ぎないように注意していたが、一番を決める最後の戦いで、功兵衛はそれを忘れてしまったのだ。

最も強い者を決める大一番にもかかわらず、力の差を見せつけた与五郎のあまりに鮮やかな勝ちっぷりに、つい見入ってしまったのである。そのとき与五郎に気づかれたのだろう。

息を入れて与五郎が言葉を続ける。

「そこにとんでもない遣い手がいると知った俺は、眼差しの主が誰なのか、調べようとした。だが、その前に江戸行きの命が下り、調べがつかぬまま江都《こうと》へ赴かざるを得なかった」

顎《あご》を少しなでてから、与五郎が功兵衛をじっと見る。

「それゆえ、この手配り状が回ってきたとき、俺は仰天したのだ。眼差しの主がそこにいたのだからな」

「それで」

「おぬしほどの腕前の者が素直に中山道や東海道《とうかいどう》を通るとは思えなんだ。きっと甲州街道を来るであろうと俺はにらみ、ここで待っていた。そうしたら、案の定、おぬしがあらわれた」

与五郎は功兵衛を見つけるやいなや斬りかかってこなかった。

話がわかる者かもしれぬと感じ、功兵衛は公儀の要人に会わせてほしい、と与五郎に頼んだ。江戸上屋敷の留守居役なら、要人たちとなにかしらつながりがあるのではないか。

「なにゆえそのようことをいう」

低い声で与五郎がきいてきた。

「殿の命で会わなければならぬのだ」

「殿の命だと」

与五郎が瞳《ひとみ》をきらりと光らせた。いくら与五郎が信用できそうな者だといっても、さすがに斉晴の文を見せるわけにはいかない。

「わかった。会わせよう」

「まことか」

「嘘はいわぬ」

功兵衛は与五郎を凝視した。嘘をついているようには見えなかった。

「かたじけない」

助かった、と思い、功兵衛は頭を下げた。そこに与五郎が抜き打ちに斬りかかってきた。

「なにをするっ」

さっと後ろにはね跳《と》んで、功兵衛は斬撃《ざんげき》をかわした。

「おぬしを公儀の重職に会わせたら、御家は取り潰《つぶ》しになるそうだ。そういう風に伝わってきているが、まことのことか」

うっ、と功兵衛は詰まった。

「まことのようだな。ならばそうはさせぬ」

決意の籠《こ》もった声で与五郎がいった。

功兵衛も刀を抜いた。

「うわ、抜いたぞ」

「斬り合いだ」

一瞬で功兵衛たちの周りに野次馬の垣ができた。功兵衛はなにもいわなかったが、糸吉が心得たように野次馬の中に入り込んだ。

――それでよい。

とうりゃあ、と気合を込めて与五郎が上段から刀を落としてきた。その斬撃が功兵衛にはよく見えた。

かわしざま功兵衛は与五郎の籠手を狙った。功兵衛の小手は動きが小さくて相手から見えず、叔父《おじ》の五左衛門にもずいぶんいやがられたものだ。

かすかに手応《てごた》えがあった。与五郎に二度目は利かない。最初のこの一撃だけだ。うっ、とうめいて与五郎が刀を取り落としそうになった。手から血が流れ出ている。これでしばらく与五郎は戦えまい。

「糸吉、行くぞ」

刀を鞘《さや》に納めるや、功兵衛は走り出した。糸吉がついてくる。

ちらりと後ろを見たが、与五郎はその場から動かずにいる。追う気はないようだ。

――叔父上のお言葉は正しかったな。

功兵衛のほうが強いといっていたのだ。

――だが正直、次はわからぬ。

功兵衛にとって江戸は初めてというわけではない。参勤交代でこれまで二度、来ている。

――しかし、上屋敷以外どこも知らぬぞ。

これからどうするか、功兵衛は途方に暮れる思いだった。

どこに泊まるか。今日は旅籠《はたご》に泊まればよいか。それしか手はないようだ。風呂《ふろ》にも入り、旅塵《りょじん》にまみれた体をきれいにしたい。

旅籠といえば馬喰町《ばくろちょう》か、と思った。そちらに足を向けたとき、待て、待てい、と叫ぶ声が功兵衛の耳を打った。

一人の若い女がこちらに駆けてきた。ずいぶんきれいな顔立ちをしている。

女を追いかけているのは、あまり人相がよいとはいえない男だ。

——こやつは悪人であろう。

功兵衛は男が横を駆け抜けようとしたとき、足を引っかけた。男が派手に転んだ。

「なにしやがんでぇ」

功兵衛に怒声を浴びせて男が立ち上がろうとして、またすっ転んだ。

「済まぬな、足が引っかかってしまった」

しゃがみ込み、功兵衛は男に謝った。

「痛《いて》えよ。お侍、邪魔をしないでおくんなせえよ」

「まことに済まぬな」

もう一度謝っておいてから功兵衛は立ち上がり、その場をあとにした。

馬喰町を目指して糸吉とともに歩いていると、後ろからつけてくる者がいること

に功兵衛は気づいた。

——なにやつだ。

刺客だろうか。

だが、そうではなかった。

「お侍」

後ろにいた者が声をかけてきた。振り返ると、先ほど男から逃げていた女が立っていた。

「お侍、さっきは助けてくれて、ありがとう」

功兵衛は微笑した。糸吉は目をみはって女を見ている。

「ああ、無事だったか。よかった」

笑う功兵衛を見て、女がまぶしそうな顔になる。なかなかの器量よしだ。

「おぬしはなにゆえ追われていたのだ」

「読売を売っているからだよ」

読売は瓦版《かわらばん》ともいい、法度に触れる刊行物である。

「あの男は町奉行所の者だったか」

そうだよ、と女がいった。

「岡っ引さ」

「あれが岡っ引か。初めて見たぞ」

「ねえ、今からどこに行くの。旅姿だけど」

人懐こい声で女がきいてきた。

「旅籠に行こうと思っている」

「だったら、うちに来なよ。助けてくれたお礼に、泊めてあげるよ」

「まことか」

懐具合が心許《こころもと》ないだけに、それは助かる。

「まことに泊めてくれるのか」

「もちろんだよ。お侍、御名は」

功兵衛は名乗り、糸吉の名も伝えた。

「あたしは布美《ふみ》というの」

岡っ引に追われていた女だが、信用できるように感じた。

——生き馬の目を抜くといわれる江戸だが、今は信ずるしかあるまい。

「永見さまがよいのなら、いたいだけいていいよ」

「いや、そこまでは甘えられぬ。一泊だけで十分だ」

そのとき雨が降ってきた。いきなりの強い降りで、功兵衛は雨に濡《ぬ》れるに任せるしかなかった。

——ああ、これは……。

天を見上げた功兵衛は、屋敷にいたとき夢で同じ場面を見たことを思い出した。

――あの夢は、このときのことを見せてくれたのか……。

あの夢にどういう意味があるのかわからないが、雨に打たれているのは気持ちよかった。

「永見さん、雨に濡れながら笑っているよ。おかしな人だね」

お布美の明るい笑い声があたりに響く。

この先、と功兵衛は思った。どんな運命が待っているのかわからない。

――だが、殿の文を必ずや将軍に渡さなければならぬ。

懐を手で押さえつつ功兵衛は決意を新たにした。

本書は書き下ろしです。